THE ESSENTIAL KAFKA COLLECTION

培根随笔集

[英]弗朗西斯·培根◎著　莫玉◎译

文化发展出版社
Cultural Development Press

图书在版编目（CIP）数据

培根随笔集 /（英）弗朗西斯·培根著；莫玉译
. —北京：文化发展出版社，2022.1
ISBN 978-7-5142-2943-1

Ⅰ. ①培… Ⅱ. ①弗… ②莫… Ⅲ. ①随笔－作品集－英国－中世纪 Ⅳ. ① I561.63

中国版本图书馆 CIP 数据核字（2022）第 008584 号

培根随笔集

［英］弗朗西斯·培根 著　莫玉 译

责任编辑：周　蕾　　责任校对：岳智勇
责任印制：邓辉明　　装帧设计：张合涛
出版发行：文化发展出版社（北京市翠微路 2 号　邮编：100036）
网　　址：www.wenhuafazhan.com
经　　销：全国新华书店
印　　刷：北京昌联印刷有限公司

开　　本：880 mm × 1230 mm　1/32
字　　数：190 千字
印　　张：8
版　　次：2022 年 4 月第 1 版
印　　次：2024 年 1 月第 2 次印刷

定　　价：46.00 元
I S B N：978-7-5142-2943-1

如有印装质量问题，请电话联系：010-83600578

前言

培根是英国文艺复兴时期著名的哲学家和文学家。他从小就表现出过人的才华，12 岁就上了剑桥大学，15 岁到巴黎供职。随后学起了法律，期冀能在官场上谋取功名利禄，但是，其仕途之路一直并不顺畅。及至詹姆斯一世即位，培根官运才开始变好，先后被任命为首席检察官、掌玺大臣和大法官。晚年，从官场上退下来的他开始潜心研究学术。

本书是弗兰西斯·培根的随笔集。内容涉及政治、经济、宗教、爱情、婚姻、友谊、艺术、教育和伦理等，几乎触及了人类生活的方方面面。1597 年该书出版时只有 10 篇文章，1612 年出版时增至 38 篇，1625 年出版时增至 58 篇。作为一名学识渊博且通晓人情世故的哲学家和思想家，培根对他谈及的问题均有发人深省的独到之见。他对于真理、死亡、逆境、爱情、人性、友谊、读书、虚荣、荣誉等均有深刻见解，并以鲜明的文字风格娓娓道来。从《谈真理》《谈死亡》《谈人的天性》等篇章中，可以看到一个热爱哲学的培根；从《谈高位》《谈君权》《谈野心》等篇章中，可以看到一个热衷于政治、深谙官场运作的培根；从《谈爱情》《谈友谊》《谈结婚与独身》等篇章中，可以看到一个富有生活情趣的培根。

《培根随笔》可说是不可多得的世界性著作之一。这本书不只是为一国而作，也是为全世界而作；培根的文字不只是为他所在的时代而作，更是为一切时代而作。在这本书里，极高的智力与多样的兴趣和同情心自然而然地结合为一体，所以世人之中，不管什么样的类型或脾气，都能在这部书里找到一点与自己有联系的东西。英国大诗人雪莱曾在他著名的《诗辩》中称誉道："培根勋爵是一位诗人。他的语言有一种甜美而又庄严的节奏，这满足我们的感官，正如他的哲理中近乎超人的智慧满足我们的智力那样；他的文章的调子，波澜壮阔，冲击你心灵的局限，带着你的心一齐倾泻，涌向它永远与之共鸣的宇宙万象。"

培根在《谈学养》一文中说："有些书读某些章节即可，有些书大概浏览一番即可，只有少数一些书需要通读、勤读、细读。"现在，你拿在手中的就是一本需要"通读、勤读、细读"的好书。认真研读一下它吧，你会折服于作者的智慧并受益匪浅的。

目录

一　谈真理

“什么是真理?”彼拉多[1]曾戏谑地问道，但他没指望能得到答案。

确实，总有人喜欢朝秦暮楚，认定固守信仰就是给身体套上枷锁，所以在行为思想上总是追求极度的自由。虽然这类的哲学家都早已消逝，但他们的观点却在一些巧舌如簧的人身上得到传承，不过这些人的气血终究不如古人那么刚烈。

但假象仍然受到人们的喜爱，究其原因，不仅是因为寻求真理的过程十分艰辛，也不仅是因为真理会对人的思想产生巨大的影响，主要还是因为人们有着与生俱来的一种劣根性：嗜假成癖。在希腊晚期的哲学流派中有一个流派[2]的人曾认真地研究过这个问题，但最终也没弄清楚人们喜欢虚假的根由：如果说诗人弄虚是为了获得欢愉，商人作假是为了谋取利润，那一般人喜欢虚假就仅仅是因为喜爱虚假这件事了。我也说不清楚其中的原因，也许真理就像磊落的天光，如果要使所有假面舞会、化妆演出和胜利庆典显得典雅堂皇，还是在烛光下进行的效果更好一些。真理也许就像一颗珍珠，只有在日光的映照下才能散发出璀璨的光芒，但却远不如在烛光下大放异彩的钻石、红玉。真实中掺上一点虚假，总是能增添不少乐趣。倘若将那些虚幻的印象、媚悦的憧憬、错误的估价、自欺欺人的幻想等东西，从人的头脑里除去，那么剩下的就只是一个贫乏干瘪的头脑，忧郁、恶意充斥其中，连自己都会觉得厌恶，对此恐怕无可置疑吧？有先哲因为诗歌满足了人们丰富的想像力，尖刻地称诗歌为“魔鬼之酒”[3]，其实诗歌不过是虚假的影子而已。然而有害的并不是在脑海中转瞬即逝的错觉，而是上文所说的深入人心、牢牢占据人心的假象。

尽管这些东西在人们堕落的思想感情深处扎下根，但只接受自身仲裁的真理却教导人们：要像向异性求爱求婚那样，去追求真理；要像和爱人相亲相依那样，去认识真理；要想用真理尽兴尽欢，那就要相信真理，这才是人性的至善至福。上帝创造天地万物的那几日，最先被创造出来的是感性之光，最后被创造出来的是理性之光；然后，以圣灵启示众生，就成了他安息日的工作。起初，他让光明在万物混沌的表面呈现，继而又让光明在人们的面庞呈现，如今他仍然在向他的选民[4]的脸庞喷射光明。有一位诗人[5]为其流派增光不少，使得其流派毫不逊色于其他流派，他曾说过一段十分精辟的话："伫立于岸边，遥望舰船在海面上颠簸，是一大乐事，踞守在城堡，从窗口俯视两军将士在地面鏖战，也是一大乐事；但任何快乐在登临真理的巅峰（一座雄视万象、风清气朗的高峰）、一眼尽览下面谷中的谬误、彷徨、迷雾和风雨的那种快乐面前，都会黯然失色。"但必须要以悲天悯人之心来俯瞰，千万不要有顾盼自雄的姿态。当然，如若人心能随仁爱而动，随天意而行，绕真理之轴而转，那人间就成了天堂。

从神学和哲学的真理转而说起为人处世的真诚，即使那些并不信奉真理的人也不能否认，做事光明磊落才是人性的荣光，弄虚作假就好像往金币和银币中掺入合金，虽然能扩大金银的流通，却贬损了金银的价值。这些曲里拐弯的做法就像蛇行，蛇没有能用来行走的脚，只靠肚腹爬行，显得十分卑贱。人如果被发现有阳奉阴违、背信弃义的行为，那可是无以复加的奇耻大辱；在探讨谎言为何可耻可恶时，蒙田[6]曾十分精辟地说道："仔细想来，说人说谎就等于说他蔑视上帝但惧怕凡人，只因谎言直面上帝而逃避凡人。"有人预言：基督再次降临人世时，他将很难再遇见诚信。因此，谎言就成为了呼唤上帝前来审判人类的最后钟声。这可真是对虚伪和背信的劣迹最为高明的描述了。

（1625 年作。）

【注释】

〔1〕彼拉多，全名本丢·彼拉多（？—41），公元26年—公元36年担任罗马帝国犹太行省的执政官。他曾多次审问耶稣，但他刚开始其实并不认为耶稣犯了什么罪，因此才在审问耶稣时以迷惘的口吻，问出了这样一句看似戏言的话。

〔2〕怀疑论，由皮浪于公元前300年左右在雅典创立。

〔3〕圣哲罗姆曾说“诗乃魔鬼之食”，圣哲圣奥古斯丁则认为“诗乃谬误之酒”。

〔4〕上帝的选民原指以色列人，后指信奉上帝的民众。

〔5〕指古罗马诗人卢克莱修（前95—前55），此处引自《物性论》第2卷。

〔6〕蒙田（1533—1592），是法国文艺复兴后期的人文主义思想家、散文家。

二 谈死亡

成人对死亡的惧怕，就像儿童对黑暗的惧怕；儿童对黑暗天生的恐惧随着妄言传闻而不断增长，成人对死亡的恐惧也是如此。冷静地看待死亡，认为它是罪恶的报应，是前往另一世界的必经之路，是神圣虔诚的见解。而惧怕死亡，认为它是人们应向自然交纳的贡品，这种看法就十分愚钝浅陋。不过在宗教的沉思中，也不时混杂着虚妄和迷信。在一些修士的修行记中，你会读到这样的文字：人应当暗自思量，如果指尖在遭受挤压折磨时，尚且会有钻心之痛，进而推想死亡降临的时候，全身腐朽化解，那痛苦又该如何强烈。其实，死亡时所承受的痛苦远不及一肢受刑时的痛苦，因为最重要的器官未必是人体最敏感的部位。一位言者[1]以哲人与凡人的双重身份精辟地说道："与死亡本身相比，死亡的声势更为恐怖。"呻吟，惊厥，脸色苍白，亲友号哭，黑衣黑幔，丧葬仪式，诸如此类，让死亡看起来怵目惊心。

值得注意的是，人的情感虽然脆弱，但还没脆弱到不能抗御对死亡的恐惧。既然有那么多能战胜死亡的帮手簇拥在人的身旁，死亡就未必是多么可怕的事。复仇能让人战胜死亡，爱情能让人蔑视死亡，荣誉能让人渴望死亡，悲哀能让人奔赴死亡，恐惧能让人预期死亡。此外，我们还从史书[2]中读到：奥托皇帝自杀之后，在哀怜之心（一种最温柔的情感）的煽诱下，皇帝手下的士兵也纷纷自杀，仅仅是出于对皇帝的同情和表达身为追随者的耿耿忠心。此外，塞内加认为“苛求”和“腻烦”也会使人敢于赴死：“只要一想到你将同样的事情做了几百遍，不仅勇敢和痛苦的人想一死了之，就连苛求的人也不愿苟活人世。”尽管一个人既不勇敢也不痛苦，但总是反复做同一件事，他也会因为极度腻烦而甘愿赴死。

同样值得注意的是，在死亡临近时，英雄豪杰几乎不受其影响，因为他们到了最后一刻仍能坚持本色。恺撒·奥古斯都[3]在生命的最后一刻，还不忘叮嘱皇后：“永别了，莉维娅！请别忘记我俩婚后共度的美好时光。”提比略[4]弥留之际还在作假，就像塔西佗所说的那样：“提比略虽然体力衰竭，但还是一如既往的虚伪。”韦斯巴芗[5]临终前，兀自坐在凳子上笑称：“我正在一步步变成神。”加尔巴[6]临死时还伸长脖子喊道：“砍吧，如果这样做能使罗马人民受益。”塞普提缪斯·塞维鲁[7]行将就木，却还不忘处理政务，他说：“要是还有什么事要我做，那就赶快说。”诸如此类，举不胜举。

斯多葛派未免太推崇死亡，他们大力筹办，让死亡看起来更加恐怖。有一个人的观点就要合理一些：“他认为生命的终结其实是自然的恩赐。”[8]死与生都是很自然的事；也许对婴孩而言，生与死都是很痛苦的事。

人如果在孜孜追求之中死去，其实就像人在热血沸腾之际受伤一样，当时是很难有什么疼痛感的，由此可见，只要你拥有坚定的、一心向善的心灵，就能避免死亡的苦痛；尤其应当相信：最美的圣歌，应当是一个人实现伟大目标和抱负时所唱的那首：“主啊，如今请让你的仆人安然离去。”死亡还能开启美誉之门，熄灭嫉妒之火：“生前遭人妒忌的人，死后将受人爱戴。”

（1612年作，1625年扩充。）

【注释】

〔1〕指古罗马哲学家、政治家、剧作家塞内加（前4—65），曾任尼禄皇帝的导师及顾问。

〔2〕指古罗马历史学家塔西佗（55—120）的《历史》。

〔3〕盖乌斯·尤里乌斯·恺撒·奥古斯都（前63—14），原名

屋大维，是恺撒大帝的继承人，也是罗马帝国的开国君主（公元前27年—公元14年在位），给罗马世界带来了两个世纪的和平与繁荣，死后被罗马元老院赐封为“奥古斯都”（“圣神”“伟大”）称号，并列入“神”的行列。

〔4〕提比略·尤里乌斯·恺撒·奥古斯都（前42—37），是罗马帝国的第二位皇帝（公元14年—公元37年在位）。

〔5〕韦斯巴芗（9—79），是古罗马皇帝（公元69年—公元79年在位），创立了弗拉维王朝，在位时整顿财政，改组军队，修建了罗马广场、凯旋门和大竞技场。

〔6〕加尔巴（前3—69），是在尼禄之后继任的罗马帝国皇帝，结束了朱里亚·克劳狄王朝，但仅在位7个月就被杀害。

〔7〕塞普提缪斯·塞维鲁（146—211），是古罗马皇帝，开创了塞维鲁王朝。

〔8〕参见《讽刺诗》第10首第358行，原文为拉丁文，作者尤维纳利斯（60—127）是古罗马伟大的讽刺诗诗人。

三　谈宗教统一

宗教是维系人类社会的主要纽带，如果宗教自身能维持真正的统一，实在是一大幸事。对于异教徒来说，围绕宗教产生的争执和分歧真是闻所未闻的劣迹。这是因为异教徒宗教重视的是各种典礼和仪式，而不是任何恒定的信仰。他们的教士、神甫都是诗人，因此不难想像他们信奉的是怎样一种宗教。然而，真正的上帝具有这样一种特性：他是一位“好嫉妒的神”[1]，因此对他的崇拜与信奉不能掺杂半点杂质，也不容许有其他神的存在。鉴于此，我有必要谈谈宗教的统一，谈谈统一的好处是什么，统一的界限是什么，统一的手段有哪些。

统一的好处（除取悦上帝这最重要的一点外）有两个：一是就教外人士而言，二是就教内人士而言。就前者而言，异端邪说、结党营私无疑是最败坏的事，比伤风败俗还要败坏。肉体上骨折断肢要比血液的败坏[2]更加危险，精神上也是如此。所以要使教外人士望而生畏，就要将教内人士逐出教门，最立竿见影的方法就是破坏统一。每当听到有人说："看哪，他在旷野。"而有人又说："看哪，他在屋里。"（每当一些人在异端秘密集会中寻找耶稣，而另一些人则在教堂中寻找耶稣时）这种告诫的声音应一直在人们耳际回响："不要出去。"那位异邦人的老师[3]（他的工作性质使他特别在意那些教外人士）说："如果一个异教徒进来，听见你们说着不同的语言，秉持不同的观点，岂不认为你们癫狂了吗?"确实，一旦无神论者和世俗之徒知道教会内有这么多的冲突，对教会的印象自然不会好，对教会就会避之唯恐不及，甚至去"坐上嘲讽者的席位"。一位讽刺大师竟然将他虚构的丛书中的一本书命名为《异教徒的摩利斯舞》[4]，这虽然是一件小事，却是如此严肃问题的一个佐证，对这一弊端进行了鞭辟入里的批判：异教徒奴颜媚骨，丑态百出；正好成为那些喜欢诋毁神圣事物的世俗狂徒和腐朽政客口中的笑谈。

宗教统一则会带给信徒包含着无尽的福祚的和平。和平可树立信仰，可唤起仁爱之心，并使宗教表明的和平升华为内在心境的平和，从而使那些煞费苦心撰写论战檄文的人，转而去致力阅读、撰写祈祷、修行的伟论。

说到统一的界限，正确的定位可谓至关重要。目前似乎存在两个极端。在某些狂热分子看来，一切倡导和平的言辞都面目可憎。“和平不和平，耶户[5]？”——“和平不和平，与你何干？你还是站我身后去吧。”他们不关心和平不和平，眼中只有臭味相投、结党营私。与其不同的是，在某些老底嘉派[6]和态度温敦的人看来，调节宗教的纠纷，应当用折中、骑墙和巧妙的方法，仿佛他们能够在上帝和凡人之间作出公断似的。这两种极端都要不得。但要避免这两种极端，我们必须对救世主亲自起草的基督徒盟约中的两条相反相成的条文，进行正确且清晰的解释：“不与我们为伍，就是反对我们”，“不反对我们，就是与我们为伍”，也就是说，要区分哪些是宗教中的根本实质性问题，哪些与信仰无关而仅仅是见解、派别或良好意图的问题。许多人认为这些小事不值一提，而且已经解决，但如果能更公正地处理这些事，则会受到更普遍的欢迎。

对此，我只有一点建议。人们要注意且千万不要以两种争论分裂上帝的教会：其中一类争论纯粹是口舌之争，争论的问题也无关紧要，不值得为它大动肝火，势同水火。有一位先哲曾说：“基督的黑色衣袍不见衣缝，教会的外衣却五光十色。”因此他说：“衣服可以五颜六色，只要不让它开裂。”[7]可见统一与划一根本不是一回事。另一类争论的问题倒是至关紧要，但着眼点却过于琐碎晦涩，使得争论最后钻了牛角尖，太过虚幻。明理善断的人有时会听见一些无知之徒争长论短，但他心里很清楚，这些言论看似不同，其实本质上是相同的，然而他们自已却永远不会明白这点，也就难以达成共识。如果人们会因为判断的差异而出现上述情况，那我们有什么理由认为洞悉人心的上帝就不会发现脆弱的人类尽管言辞对立但用意却完全一致，从而对双方的意见都给予认可呢？对于这类争论的性质，圣保罗在对提摩太的告诫中已阐释得淋漓尽致："远离世俗的虚谈和那敌视真理、似是而非的学问。"人们凭空捏造种种矛盾冲突，并赋予它们新的名号，这些名号的约定俗成，使得本来该支配名号的实义，反而被名号支配。

和平或统一也存在两种假象：一种是建立在蒙昧无知的基础上的和平或统一，因为在黑暗中，所有的颜色看起来都是黑色；另一种是在坦率承认根本问题矛盾的基础上拼凑起来的和平或统一，因为在那些事情上的真与假，就如同尼布甲尼撒王梦中所见的大象脚上的铁和泥，虽然能粘在一起，却无法融为一体。[8]

而谋求统一的手段，人们必须当心，在寻求或巩固宗教统一时，千万不要废弛仁慈博爱的大义和人类社会的法度。基督徒有两柄利剑，一柄是宗教之剑，另一柄是世俗之剑，二者在维护宗教时各有着相应的职能和地位。然而我们不能拿起第三柄剑，即穆罕默德之剑这类的剑，也就是说，不能借助武力征服来传教或以疯狂杀戮来胁迫人心，除非有人在明火执仗、诋毁宗教、亵渎神明或叛国谋反；更不可任人滋生事端，不能认可阴谋叛乱，更不能认可授民众以刀剑这类意在颠覆神授的政权[9]的行为[10]，因为这样做就好比是用第一块法版去砸第二块法版[11]，结果是两块法版都碎掉；而且满心以为世人都是基督徒，从而忘记了他们是人。看到阿伽门农竟然忍心用自己的女儿献祭，诗人卢克莱修曾惊呼：

“宗教竟然能让人犯下如此大的恶行。”[12]

假如他知道法国的大屠杀[13]或英国的火药阴谋[14]，他又该发出怎样的感叹呢？他会更加沉溺于安乐之中，更加不信神灵。由于为了宗教拔出那柄世俗之剑需慎之又慎，所以将它放到普通民众手中便是荒唐透顶的做法。这种荒唐的事还是让再洗礼派[15]教徒和其他亡命之徒去做吧。魔鬼说：“我要上升到云端之上，与至上者并列。”那真是极大的亵渎。但如果让上帝扮演成某种角色，让他说“我要降到地底深处，与黑暗之王抗衡”，那就是更大的亵渎了。如果宗教的目标堕落成谋杀君主、残害百姓、颠覆国家和政府这一丧心病狂的行径，那它又比亵渎行为好到哪里去呢？毫无疑问，这种行为就像是把象征圣灵的鸽子变成了兀鹰和乌鸦，就像是在基督教会的船上挂起海盗和杀手的旗帜。因此，教会必须靠教义、教令，君主必须靠君权下的武力和能表现基督教精神、富有伦理力量的文治，才能像借助墨丘利的神杖[16]一样，把那些支持上述罪行的行为和看法统统打入地狱，并使之万劫不复，就像大多已经做过的那样。毫无疑问，关于宗教讨论，那位使徒的话应首先被铭记，“世人的怒火并不能成就神的正义”。但一位睿智的先哲的坦诚之言也同样值得注意：凡对良心施压或劝人对良心施压的人，一般都是出于个人的动机。

（1612年作，1625年重写。）

【注释】

〔1〕参见《圣经·旧约·出埃及记》第20章第5节，上帝对以色列人训示道：“吾乃耶和华汝等之上帝……尔辈除我之外不可再奉他神……吾乃好嫉妒的神。”

〔2〕西方中世纪生理学说认为人体中有4种体液，如果它们配合不均，就会导致疾病。

〔3〕指圣保罗。

〔4〕参见讽刺作品《巨人传》第2部第7章中庞大固埃在巴黎圣维克多藏书楼看到的那份书目，该书作者拉伯雷（1493—1553）是文艺复兴时期法国最杰出的人文主义作家之一。书名中的“异教徒”原指16世纪被迫改信天主教的摩尔人，“摩利斯舞”则是英国一种传统民间舞蹈，多由身上系铃的男子扮作民间传说中的人物，在五朔节表演。之所以称为摩利斯舞，大概原来

是由摩尔人从西班牙传入的缘故。

〔5〕耶户是以色列第十代王。

〔6〕老底嘉教会的使者被视为行为不冷不热的人。

〔7〕原文为拉丁文，引自中世纪基督教神学家、明谷隐修院创始人、第二次十字军东征的鼓吹者圣伯尔纳（1091—1153）。

〔8〕希伯来先知但以理在为巴比伦王尼布甲尼撒解梦时说：既然你梦到偶像的脚一半是铁，另一半是土，那你的王国终将分裂。

〔9〕参见《圣经·新约·罗马书》第13章第1—2节："凡掌权的都是神所命的。"

〔10〕作者借此影射教皇将伊丽莎白女王从教会中开除的行为。

〔11〕摩西带领希伯来人走出埃及，横渡红海，抵达西奈山，在那里传授上帝刻在两块法版上的十戒，第一块法版上说的是人对上帝要承担的5项义务，第二块法版上说的是人对同类要承担的5项义务，二者相加即为"摩西十诫"。

〔12〕特洛伊战争中希腊军队的最高统帅阿伽门农，在出征时射杀了狩猎女神阿耳忒弥斯的爱鹿，女神使奥利斯港平静无风，船队不能进发，预言家指出，必须将其心爱的长女伊菲革涅亚献祭给阿耳忒弥斯，女神之怒方能平息，于是阿伽门农忍痛用长女伊菲革涅亚献祭，但在最后一刻，女神用一只牝鹿取代了伊菲革涅亚，希腊军队也得以扬帆出发。

〔13〕指于公元1572年8月24日凌晨开始的圣巴托罗缪惨案，那天数万名的巴黎天主教民伙同警察士兵根据事先画在胡格诺教徒

居所门前的白十字记号闯进屋去，把多数还浓睡未醒的人尽行杀戮，然后将尸体抛进塞纳河中，这场对城内的胡格诺教徒进行的血腥大屠杀持续了几个月，并因此引发了一场旷日持久的宗教战争，直到1598年南特赦令颁布后才最终停息。

〔14〕指发生在1606年11月5日一群英国乡下的天主教极端分子企图用火药炸毁英国国会大厦，杀害正在其中进行国会开幕典礼的英国国王詹姆士一世和他的家人及大部分的新教贵族的一次并未成功的阴谋事件。

〔15〕指欧洲中世纪基督教的一个教派，主张待人成年后要接受再次洗礼，且仇视封建制度及其支柱天主教会。

〔16〕墨丘利是古罗马神话里天公朱庇特（Juppiter）与女神迈亚（Maia）的儿子，手持神杖招引亡魂前往阴间。

四　谈报复

报复是一种野蛮之道，人的天性越是追求它，法律就越是要铲除它。因为首先犯罪的人仅仅是触犯法律，而对该犯罪者施加报复无疑是要取代法律。毋庸置疑，一个人如果去报复他的仇人，他就变得和他的仇人一样了；然而如果他宽恕他的仇人，他就比他的仇人高出一筹；因为宽恕乃王者风范。所以所罗门说："宽恕他人的过失，荣耀的其实是自己。"过去的已经过去，无法挽回，通达的人则着眼于现在与未来；所以对往事耿耿于怀不过是折磨自己。况且没有人是为了作恶而作恶，都是为了沽名、渔利、寻欢、作乐而作恶。那么，我何必要为一个人爱自己比爱我多而怒火中烧呢？如果一个人作恶完全是由于其生性凶恶，那又怎样？至多不过是荆棘刺玫，除了扎划钩擦这点本事，别无所长。

有些冤情不能通过法律来纠正，如果报复，还无可厚非；但人们须得注意，他的报复也必须不会受到法律的惩处，否则还是没赢过他的仇人，因为他和仇人受惩处的次数为二比一。有人报复时喜欢向对方讲明报复的原因，这算是比较雍容大度的报复了：因为这种报复的快感似乎不在于伤害对方，而在于让对方忏悔自己的罪孽；然而卑鄙狡猾的懦夫却往往更喜欢暗中发射冷箭。

佛罗伦萨大公科西莫[1]强烈谴责对朋友的背信弃义，认为这些恶行不可宽恕："你会读到基督教诲我们要宽恕我们的敌人，却永远不会读到基督教诲我们要宽恕我们的朋友。"而约伯的精神格调更胜一筹，他说："我们从上帝手里得福，不也从上帝手里受祸吗?"推及朋友，也是如此。

的确，一个人总是想着报复，就等于不断刺激自己的伤口，使它开裂，而它其实是可以愈合的。

报公仇大多能让人功成名就，如为恺撒大帝的死复仇[2]，为佩蒂纳克斯的死复仇[3]，为法王亨利三世的死复仇[4]。但报私仇却让人运道不佳，而且报仇心强的人往往过得像巫婆一样：由于他们存心害人，所以不得善终。

（1625 年作。）

【注释】

〔1〕科西莫（1519—1574），是梅迪契家族的成员、老洛伦佐的后代、第二任佛罗伦萨公爵、第一任托斯卡纳大公，后当选为共和国的首脑，统治佛罗伦萨达34年。

〔2〕屋大维击败了刺杀恺撒的共和派贵族，开创了罗马帝国，统治罗马长达40年。

〔3〕塞维鲁打着为佩蒂纳克斯复仇的旗号上台，成为了罗马帝国皇帝，开创了塞维鲁王朝。

〔4〕亨利四世打着为亨利三世复仇的旗号上台，成为了法国国王（1589—1610），开创了波旁王朝。

五　谈厄运

塞内加曾模仿斯多葛派的口吻精辟地说道：“幸运的好处让人向往，厄运的好处则叫人惊奇。”毋庸置疑，如果奇迹就是超乎寻常，那么它们大多出现在厄运之中。他还有一句比这还要高明的宏论（此话出自一个异教徒之口，实在是高明至极）：“同时拥有人的脆弱与神的旷达，那才是真正的伟大。”这句话要是写成诗，就更加妙不可言，因为诗中的豪言壮语总是更受赞许。确实，诗人一直致力于书写它，因为它其实就是古代诗人的奇谈[1]中表现的那种东西，这种奇谈似乎玄之又玄，而且似乎与基督徒的情况有些相似，“去解放普罗米修斯（他代表人性）时，赫拉克勒斯坐着一个瓦盆或瓦罐横渡了大海”[2]，这也可用来描绘基督徒坚韧不拔的精神，因为基督徒是驾着血肉的小舟穿梭在尘世的惊涛骇浪中。

简单地说，幸运造就了节制这项美德，厄运造就了坚忍这项美德。从道德的角度来看，坚忍更能凸显英雄气概。

幸运是《旧约》中所说的“恩泽”，厄运则是《新约》中所说的“福祉”，因为《新约》带来上帝更浩荡的祝福以及对神恩更加昭然的启示。然而，即便在《旧约》里，如果你聆听大卫的琴声，就会听见哀乐其实和欢歌一样多；圣灵之笔对约伯苦难的描绘，也比对所罗门幸福的描绘更费心思。

幸运并非没有夹杂诸多恐惧和灾祸，厄运也不乏安慰与希望。在编织和刺绣中，在阴暗的底子绣上明快的图案，总是要比明快的底子绣上阴沉的图案更招人喜欢，由此可从目之愉悦来推及心之愉悦。

美德无疑就像是名贵的香料，在碾碎焚烧时最显芬芳：因为幸运最能暴露罪恶，而厄运最能凸显美德。

（1625 年作。）

【注释】

〔1〕指古希腊神话。

〔2〕赫拉克勒斯是古希腊神话中的大力神，完成了 12 项被誉为“不可能完成”的任务，虽有金杯渡海的行为，却不是发生在解救了被缚的普罗米修斯时。

六　谈作假与掩饰

掩饰是一种柔弱的策略或智谋；因为要知道何时该讲真话，何时该办实事，强健的心智是必不可少的，因此孱弱的政治家都善于掩饰。

塔西佗说："莉维娅[1]糅合了其夫的谋略与其子的掩饰。"这话是说奥古斯都富有谋略，提比略善于掩饰，而当穆西亚努斯[2]鼓动韦斯巴芗举兵反抗韦特利乌斯[3]时，他说："我们要面对的不是奥古斯都的明察秋毫，也不是提比略的谨慎或诡秘。"从计谋或韬略、掩饰或诡秘的性质来看，它们确实是不同的习惯与才能，应区分开来。如果一个人真能做到洞若观火，能看出哪些事应当公开，哪些事需要保密，哪些事最好半明半暗，而且能做到因人而异、因时而化（这其实就是塔西佗推崇的安身治国的要术），那掩饰反而就成了他的一种障碍；然而如果一个人做不到洞若观火，他就只有故作姿态、讳莫如深了。因为每当一个人遇事不能守经达权、随机应变时，笼统地采取这种万无一失的举措才是上策，就好比眼神不好的人走路时要放慢步调一样。不可否认，自古以来的豪杰行事都光明磊落，都有诚实守信的名声。他们就像训练有素的骏马，知道何时该止步，何时当转弯；而且在他们认为情况确实需要掩饰且确实掩饰了，也会因为他们诚信、坦荡的美名早已远扬，反而不会引人怀疑。

自我掩饰分为 3 等：上等的掩饰，是守口如瓶，秘而不宣，叫人看不出他是何种人，也看不出他的破绽，抓不住他的把柄；中等的掩饰，是消极掩饰，故意放出烟雾，制造某些假象来混淆人们的判断；下等的掩饰，是积极作假，处心积虑地伪装成他不是的那种人。

说到上等的掩饰，秘而不宣确实是告解神甫应具备的德行；守口如瓶的人无疑会听到很多忏悔，因为谁愿意对一个多嘴多舌的人敞开心扉呢？如果一个人被认为能严守秘密，就会吸引人向他吐露隐私，这就像密闭的空气能吸取开放的空气一样。忏悔时的大胆袒露除了减轻心里的负担之外，并没有什么实际用处，严守秘密的人却因此知道了很多事情。而人们与其说是吐露隐私，不如说是宣泄情愫。简单点说，能严守秘密的人才能知道秘密。况且（实话实说），无论是肉体还是精神的袒露，都是不雅观的，如果人们的举止不肆意张扬，就能增添不少尊严。至于那些爱碎嘴饶舌的人，他们大多愚蠢又轻信。爱谈论自己知道的事情的人，往往也爱谈自己不知道的事情，由此可以断定：无论是治国还是修身，保密的习惯都大有裨益。由此可见，一个人的面孔最好不要越俎代庖，去抢舌头的功用，因为一个人的面部表情会泄露他心中所想，这真是一个致命的弱点，它要比人的语言暴露出来的更引人注目、更让人信服。

说到中等的掩饰，施放烟幕，因为掩饰必然与保密形影相随，所以谁要保密，谁就需要作一些掩饰；因为人们十分精明，不可能让一个人持骑墙态度，更不可能既要保密又要不偏不倚。人们一定会向他抛出各种问题来困扰他，引诱他开口说话，刺探他心中的秘密，这样一来，除非他任性地保持沉默，否则一定会在言语中透露出自己的倾向；即使他闭口不言，人们也能从他的沉默中看出一些端倪，就像试探他的口风一样。至于含糊其词、故弄玄虚，那更是坚持不久。所以如果不稍微掩饰一下，谁也无法保守秘密，因此掩饰可以说是保密的裙裾。

说到下等的掩饰、作伪和假冒。我认为除某些重大而罕见的情况外，这种掩饰其实更像是犯罪，而不是谋略。因此，弄虚作假的习惯（这最后一等掩饰）是一种恶行，起因或是生性虚伪，或是天生胆小，要不就是有严重的心理缺陷；因为不得不掩盖这些弱点，就迫使一个人在其他事情上弄虚作假，以免其作假的技艺日益生疏。

作假与掩饰的好处有3个：第一个好处是，麻痹对手，然后出其不意攻其不备，因为一个人的意图一旦公开，就等于向反对者发出了警报；第二个好处是，给自己留一条安全的后路，因为如果一个人明确宣扬做某事，他就必须言而有信，一干到底，不然就要接受失败的下场；第三个好处是，更好地洞察他人的意图，因为对于一个开诚布公的人，别人很难表示反对，就索性任他继续说下去，他们就只是在心里放肆放肆。对此西班牙有句话说得精妙："谎言带来真相。"仿佛作假是发现真相的唯一方法似的。

作假与掩饰的坏处也有3个：第一个坏处是，作假与掩饰的人总是心怀恐惧，这常常妨碍其在做事时一箭中的；第二个坏处是，假象会迷惑许多原本可以和他合作的人，往往使他只能单枪匹马去奋斗；第三个坏处是，作假与掩饰会剥夺一个人立身行事最重要的工具——信任。

因此，人品素质的最佳组合，是要兼备坦诚的美名、保密的习惯、适当的掩饰技巧，以及在无可奈何时有掩饰的能力。

（1625年作。）

【注释】

〔1〕莉维娅（前58—29），是古罗马开国皇帝奥古斯都的第三位妻子、皇帝提比略与杜路苏斯的母亲。

〔2〕穆西亚努斯，是古罗马将领。

〔3〕韦特利乌斯（15—69），是古罗马皇帝，公元69年在位，不久即被杀。

七　谈父母与子女

父母喜欢隐藏他们的欢乐，也喜欢隐藏他们的悲哀与恐惧。欢乐他们不能说，悲哀与恐惧则不愿意说。子女既能使他们的辛苦变得甘甜，也能使他们的不幸变得更苦；子女增添了父母对生活的忧虑，却减轻了父母对死亡的记怀。繁衍后代是动物的本能，而名声、德行和功业则是人类独有的东西。人们的确看到，丰功伟业历来都是由没有子嗣的豪杰建立的，他们因为没有后嗣延续他们肉体的形象，便努力表现他们精神的形象，所以没有子嗣的人反而最关心繁衍。最初创下家业的人总是最纵容子女，因为他们不仅把子女看作家族的传承，也看作其事业的延续；所以对他们来说，子女其实就是他们的创造之物。

父母对子女的疼爱常常分配不均，有时候偏爱得简直没有道理，尤其是母亲。正如所罗门说的那样："聪明的子女让父亲乐开了怀，蠢笨的子女则叫母亲忧心忡忡。"人们确实会看到，有的家庭子女众多，老大深受父母的器重，老小备受父母的娇宠，中间的几个子女则往往被父母忽略，但事实往往是这些居中者最有出息。

父母对子女的零用钱太吝啬有害无益，这会让子女变得卑贱，学会欺诈哄骗，结交一些狐朋狗友，待后来手头宽裕时更会挥霍无度。因此，只有把父母的权威用在管教子女，而不是严管父母的钱包时，才能得到最好的结果。

人们有一种愚蠢的习惯（无论是父母、老师，还是仆人），就是喜欢在孩子们小时候挑动兄弟间相互竞争，结果导致他们在成年后兄弟失和，家庭不和睦。意大利人对待子女侄甥或近亲不分亲疏，只要属于同一家族，就算不是亲生子女，也能一视同仁。说实话，在性质上，这差不多是同一回事。由于血缘使然，我们有时会看见某个侄子或外甥不像他的父亲，反而更像叔伯、舅舅或别的亲人。

父母应趁早选定想让子女从事的职业，以及想让子女走的道路，因为子女越小可塑性越强。父母不要太拘泥于子女的爱好，别以为子女喜欢的就一定能做好。当然，如果子女的爱好和天赋十分出众，那最好不要横加干涉；不过一般来说，还是有句格言说得好："选择最好的道路，习惯会使他走得轻松愉快。”

身为弟弟的人通常很幸运，但一旦其兄长被剥夺了继承权，这种幸运也会减少甚至消失。

（1612 年作，1625 年扩充。）

八　谈结婚与独身

男人有了妻子儿女，就等于向命运之神递交了人质，因为他们会阻碍其成就大业，无论那些大业是善还是恶。所以毫无疑问，对公众最好最有价值的功业往往出自无妻室或无子女的人之手，因为这种人在感情上相当于娶公众为妻，把钱财作为彩礼交给了公众。理所当然，有子女的人应最关心未来，因为他们知道，他们必须把自己最珍视的东西抵押给未来。有些人虽然一个人生活，但他们还是只关注自身，认为未来与己无关。甚至还有人把妻子儿女视作应付的账单。更有甚者，一些愚蠢贪婪的富人以没有子女为荣，他们认为这样就会在大家的眼中显得更加富有。或许，他们听过这样的对话，一个人说："某某是个大富翁。"而另一个人却反驳道："是啊，可是他有一堆的子女要养。"仿佛子女会减少他的财富似的。然而人们喜欢过单身生活多是为了自由，尤其是一些自得其乐、性情乖僻的人，他们受不得一丁点约束，甚至会把腰带、袜带都看作锁链。单身汉可以是最好的朋友、最好的主人、最好的仆人，但不一定是最好的臣民，因为他们容易远走高飞，几乎所有浪迹他乡的人都是单身汉。僧侣适合独自生活，因为先浇灌自身的慈爱是难以再浇灌他人的。对于当法官和地方官的人，单身与否并不重要，因为如果他们缺乏主见，贪赃枉法，往往是因为仆人的谗言而非枕边风。至于兵士，我发现将军激励部下时，总喜欢让士兵想到家中的妻小。我认为土耳其的士兵之所以变得更加卑劣，就是土耳其人轻视婚姻的缘故。

不可否认，妻子儿女是对人性的一种磨练。单身汉一方面因为花销较小而能慷慨解囊，但另一方面他们也更心狠手辣（最宜做审判官），因为他们的温情很难被唤起。

性情庄重的男人由于受风俗熏陶，大多能忠贞不渝，因而多能成为情深意笃的丈夫，就像尤利西斯说的那样：“他爱老妻胜于爱长生。[1]”

贞洁的女人往往骄矜倔强，仿佛这十分值得骄傲似的。如果妻子认为丈夫聪明，那会是她贞洁顺从的一个有力保证，但如果妻子发现丈夫嫉妒成性，她就决不会认为他聪明。

妻子能够作为男人青年时的情人、中年时的伴侣、老年时的保姆，所以一个人只要愿意，总能找到理由结婚。然而问及一个人应在何时结婚时，有一个智者[2]这样回答道："年轻人时候未到，老年人全无必要。"

愚夫娶贤妻的故事并不少见，或许是因为丈夫的好处偶尔显露时更显珍贵，也或许是因为妻子对自己的耐心感到自豪。不过如果愚夫是妻子不顾亲友的意见自己选中的，那么妻子就永远不能消减这种对自己耐心的自豪，因为一旦有所消减，她们就不得不承认自己干了蠢事。

（1612 年作，1625 年略有扩充。）

【注释】

〔1〕尤利西斯，《荷马史诗·奥德赛》的主人公奥德修斯，他在海上漂流时拒绝了女神卡吕普索的求爱，放弃了永生的机会，选择回到故国与妻子珀涅罗珀团聚。

〔2〕指古希腊哲学家泰勒斯（前624—前547），开创了希腊最早的哲学学派——米利都学派（爱奥尼亚学派），也是史上第一位数学家。

九　谈嫉妒

我们都看到，能让人着迷入魔的感情，只有爱和妒。爱和妒都会激起强烈的欲望；都容易唤起种种想像和联想；都容易钻入世人的眼睛，尤其在面对那些本身就容易被爱被妒的对象时，假如真有入魔那种东西的话。《圣经》中称嫉妒为“毒眼”，占星家用“凶象”来称呼不祥的星力，因此人们都承认：嫉妒行为产生时，眼中会闪射一种强烈的光芒。更有甚者，有些人注意得特别仔细，竟然注意到嫉妒的眼睛最能伤害人的时候，恰恰是被嫉妒的人荣耀风光的时候，因为这种荣耀会使嫉妒之火烧得更旺。况且在那种时候，遭嫉妒的人的情绪最溢于言表，因此最容易遭受打击。

不过我们先暂且不谈这些隐微之处（尽管在适当的场合并非不值得探讨），只说说哪些人容易嫉妒人，哪些人容易被人嫉妒，公众的嫉妒与私人的嫉妒又有什么不同。

自身没有德行的人总要嫉妒有德行的人，因为人心的滋养不是靠自身的善，就是靠别人的恶。一个人缺乏善，必然要吞食恶；于是无法达到他人德行境界的人必然要贬低别人以获取自己心灵的平衡。

爱管闲事和包打听的人往往有很强的嫉妒心，因为了解别人的事情绝不是因为这些麻烦关系到自己的利益，而是在窥探别人的祸福中获得了一种看戏般的乐趣。一个只关注自身事务的人是没有理由去嫉妒的，因为嫉妒这种情绪生性爱游荡，喜欢在街头闲逛，不愿待坐家中：“好事之徒必定不怀好意。”

出身高贵的人总是会嫉妒崛起的新人，因为双方的距离在缩短。这就像视觉上的错觉一样，看到别人在前进时，他们总感觉自己在后退。

残疾人、宦官、老人和私生子都很爱嫉妒，因为他们自身存在无法弥补的缺陷，只会千方百计地给他人制造缺陷，除非拥有这些缺陷的人具有无与伦比的英雄气概，因为这种人能把自己的先天缺陷转化为荣耀，人们就会说，“那个宦官，那个瘸子，居然有这样大的丰功伟业”，正如宦官纳尔塞斯和瘸子阿格西劳斯、帖木儿[1]那样成为一种奇迹般的荣耀。

大灾大难后东山再起的人也很爱嫉妒，因为他们跟愤世嫉俗的人一样，认为伤害别人才能抵偿自己所受的苦难。

由于爱慕虚荣、事事都想夺得头筹的人总是爱嫉妒，因为他们绝不会缺少嫉妒的对象，在某些事情上，总有很多人可能胜过他们。罗马皇帝哈德良就是这种人，因为他本人擅长诗画和工艺，因此对其他的诗人、画家和能工巧匠都嫉妒得要命。

最后再说说近亲、同事和从小一起长大的伙伴，他们在看到与自己情况差不多的人高升时也容易嫉妒。因为同辈的高升就等于是在指着他们的鼻子责备他们不够努力，而且这种情况他们难免要屡屡想起，同样也更容易引起旁人的注意，而旁人对这种高升的扬传总是进一步刺激嫉妒。该隐对弟弟亚伯的嫉妒更为卑鄙和恶毒，因为亚伯的贡物被悦纳时没有他人看见。关于容易嫉妒的人就暂且说这么多。

下面来谈谈或多或少被嫉妒的人。首先是优点突出的人，他们地位越高，被嫉妒的可能就越小，因为他们的好运似乎是他们应得的报偿。没有人嫉妒应得的报偿，人们只嫉妒过于丰富的奖赏和过于慷慨的馈赠。何况，嫉妒往往在人们相互攀比时产生，没有攀比就没有嫉妒；因此国王总是被国王嫉妒。然而，值得注意的是，卑微的小人物初次露脸的时候最招人嫉妒，尔后遭受的嫉妒就会逐渐减少。相反，功名显赫的人好运不断，最受嫉妒，因为时间久了，虽然他们的德行不减，但光彩已不复当初耀眼，因为后起之秀已使它黯然失色。

很少有人会嫉妒王公贵族的高升，因为按照他们的出身，这似乎是理所当然的事，况且他们的幸运似乎已经达到了极致。嫉妒就好像阳光，照射在堤岸或拔地而起的陡壁上，似乎要比照射在平地上热，与此同理，循序渐进升迁的人比平步青云的人遭受的嫉妒要少。

人们不会嫉妒那些经历过大苦大难、千忧万险才获得荣耀的人，因为人们觉得他们的荣耀来之不易，有时候还会怜悯他们，而怜悯可谓治愈妒病的良药。因此你会发现，那些老谋深算的政治家，总是在功成名就时嗟叹他们的生活多么艰苦，一个劲地倾诉他们的内心有多么苦楚，这并不是他们的真实感受，仅仅是为了减少别人的嫉妒罢了。不过，人们可以理解那种听命行事的辛劳，而不能理解好大喜功、无事找事的苦楚，因为对事务毫无必要、野心勃勃地大包大揽的行为最能助长妒火。对大人物来说，消除嫉妒的最佳方法，就是给予下属充分的权利和应有的地位，这样才能在他和嫉妒之间树起层层屏障。

人们最喜欢嫉妒那些大红大紫而又盛气凌人的人，因为他们不大肆炫耀自己的丰功伟绩就觉得难受，他们要么言语放肆张扬，要么做事争强好胜。而聪明人却宁肯自己吃点亏，让给嫉妒者一点好处，有时候故意在关系不大的事情上让对手占上风。然而，如果一个人身居高位但为人平易近人、行事坦荡（绝对不能傲慢虚荣），就要比行事狡诈者遭受的嫉妒少。因为行事狡诈意味着他在极力否认自己的幸运，他自己都不认为自己有资格领受这样的幸运，这当然会招来别人的嫉妒。

本文一开始就说，嫉妒多少有些像巫术，所以根治嫉妒也要使用根治巫术的手段，也就是人们所谓的“驱除邪气”，使之转嫁到别人身上。为了达到这个目的，一些明智的大人物总是找别人替他出台露面，就把本来该自己承受的嫉妒转嫁到他人身上；转嫁的对象可以是侍从、仆人，也可以是同事、同僚，诸如此类，不胜枚举；而总有一些莽撞好事之徒代人受过，这些人为了获得权势，甘愿付出任何代价。

现在说说公众的嫉妒。公众的嫉妒还有一点好处，而私人的嫉妒却一无可取。因为公妒就像是一种陶片放逐法[2]，可避免一些位高者专权；因此公众的嫉妒也是对大人物的一种约束，使他们不敢任性妄为。

拉丁文叫作“invidia”的嫉妒，现在被称作“不满情绪”，这点我们将在谈及“叛乱”时再说。对国家来说，公众的嫉妒是一种疾病，就像传染病一样，传染病侵犯健全的身体并使之败坏，嫉妒一旦侵入一个国家，就算是最合理的国家行为也要遭到诋毁，把它们搞得臭气熏天，就算为此兼施一些笼络民心的措施也无济于事，因为这正好说明当局的软弱无能、害怕嫉妒，而使得结果更坏，就像传染病那样，你越是害怕它们，就越是赶不走它们。

这种公众的嫉妒似乎专攻大官重臣，而不针对君王和国家。然而这是一条铁定的规律：如果某位重臣因为很小的过失而招致严重的嫉妒，或是一国的全体重臣都遭受了公众的嫉妒，那么这种嫉妒（虽然隐而不露）实际上针对的是国家本身。对于公众的嫉妒或公众的愤怒以及它和私人嫉妒的区别，我们就暂且说这么多，而私人的嫉妒在前文已有谈及。

最后，我再就嫉妒的感情说几句：在人类所有的感情中，嫉妒是最缠磨不休的感情，因为别的感情是视场合偶尔出现的；因此古语说得好："嫉妒从不休假。"因为它总是不停地在某些人的心上兴风作浪。人们还注意到爱情和嫉妒都能让人憔悴，而其它感情则没有这种影响，因为它们做不到缠绵不绝。嫉妒也是最恶劣、最堕落的一种感情，因此它是魔鬼的固有特征。魔鬼就是那个"趁黑夜在麦田里撒播稗子的嫉妒者"，因为嫉妒总是暗施诡计，偷偷损害麦子这类的好东西。

（1625 年作。）

【注释】

〔1〕纳尔塞斯（480—574）本是拜占庭国的一个宦官，后成为战功卓著的将军。阿格西劳斯（前444—前360）是斯巴达的国王，有“瘸腿国王”之称。帖木儿（1336—1405）骁勇善战，建立了帖木儿帝国。

〔2〕陶片放逐法是古希腊雅典政治家克里斯提尼于公元前510年左右创立的一项政治制度，让雅典公民在陶片上写上那些不受欢迎以及极具社会威望、广受欢迎、最可能成为僭主的人的名字，并通过投票表决，将企图威胁雅典民主制度的政治人物予以政治放逐，约公元前487年首次付诸实施。

十　谈爱情

和人生相比，舞台从爱情受惠更多。因为对舞台来说，爱情有时是喜剧，有时则是悲剧；但对人生而言，爱情为祸甚多，有时如海上塞壬[1]，有时又如复仇女神。世人可以注意到，从古至今的所有伟人，都不曾被爱情搞得疯疯癫癫，这就说明这种柔弱的激情能被崇高的目标和伟大的事业抑制。不过，曾坐拥罗马帝国半壁江山的马可·安东尼[2]和十大执政官之一兼立法者亚壁·克劳狄[3]并不在此之列：前者确实沉溺美色，骄奢淫逸；后者却是个严肃明智的人物。由此可见，如果在防范上稍有疏忽，爱情不但能进入一片敞开的心田，而且能闯入一座森严壁垒的灵府。

伊壁鸠鲁有一句迂论："在他人眼里，我们每个人都在演一出大戏。"仿佛天生为了关照天国和高贵事物的人应当无所事事，只须在一尊小小的偶像前跪倒，虽然不当口福（如同禽兽）的奴仆，却甘当眼福的奴仆。而上帝赋予人类眼睛本是出于更高贵的目的。

夸夸其谈只适用于爱情，在其他地方都不适用，甚至不适用于这句警句：“所有喜欢恭维他人的人都明白，其实最讨自己欢心的恭维者就是自己。”当然情人间并不适用这句话。因为不管一个人多么自傲，也决不会像情人恭维他所爱恋的人那样荒唐。因此古人说得好：“爱情和智慧不可兼得。”由此可见，爱这种激情如此过火，而且它又是怎样糟蹋事物的性质和价值，真叫人不可思议。爱情的这种弱点并非只是旁观者清，热爱者迷，而是被爱者看得最为分明，除非双方都爱得情深意切。因为爱总会得到回报的，不是获得对方的情爱，就是收获对方暗藏心底的轻蔑，这是一个恒久不变的真理。由此可见，人们应当谨慎对待这种感情，因为它不仅会丧失别的东西，还会丧失自我。

至于会丧失的别的东西，诗人曾精妙地描述道：“谁爱海伦，谁就会拒绝朱诺和帕拉斯的礼物。”因为一个主张爱情至上的人，是甘愿放弃财富和智慧的。

爱情往往泛滥在人们情感软弱之时，也就是人们红运当头或霉运连连的时候，不过后者很少为人们所注意。但这两种情况都容易点燃爱火，并使之烧得更旺，以显示是愚蠢催生了爱情。

如果一个人不得不接受爱情，却又将它放置在恰当的位置，使之与人生的重大事务截然分开，那他就算是处理爱情的高手。因为如果让爱情干扰了事业，它就会危害人的时运，使人无法坚持自己的人生目标。

我感到不解的是，军人大多风流多情，这或许与他们爱好美酒佳肴一样，因为冒险大多需要享乐作为补偿。

人在天性中就有一种爱人的欲望，如果不能将这种爱倾注在一个或几个人身上，就自然会普及众人，使人变得仁慈高尚，这种情况多出现在僧侣身上。

夫妻之爱让人类得以繁衍，朋友之爱让人类得以完善，而淫乱之爱则会败坏、作践人类。

（1612 年作，1625 年重写。）

【注释】

〔1〕指希腊神话中一种半人半妖的女妖，她们用迷人的歌声引诱航海者，使船只触礁毁灭。

〔2〕马可·安东尼（前 83—前 30），是古罗马政治家和军事家，是恺撒最重要的军队指挥官和管理人员之一，迷恋埃及女王克利奥帕特拉七世，在海战中败于屋大维，后与女王一起自杀身亡。

〔3〕亚壁·克劳狄（前 471—前 451），是罗马十大执政官之一，由于他垂涎百夫长维琪涅斯之女维琪妮娅的美貌，并因此酿成平民叛乱，自己也死于狱中。其实史书中并没有记载他如何明智。

十一　谈高位

身居高位者可谓是三重奴仆——君王或国家的奴仆、公众舆论的奴仆、职责职权的奴仆，以致他们在人身、行动和时间上都没有自由。追求权力，就要丧失自由；或者说追求治人权，就要丧失自治权，这真是一种匪夷所思的欲望。

跻居高位必须要历尽艰辛，然而吃尽苦头却只落得个劳心劳力的下场。这有时无异于蝇营狗苟，用卑贱赢得地位。这样得来的地位并不牢靠，稍有退步，就算不是一败涂地，也会暗淡无光，真是可悲至极。“雄风已不再，为何还贪生。”这话说得不对，人想要退却不能退，应当退又不肯退，即便年迈体弱需要静养时仍不甘寂寞，好比城里的老人总是在家门口枯坐，只能让别人笑话他的老迈罢了。

当然，身居高位者要通过他人的感官才能发现自己的快乐，如果让他们自行感受判断，则毫无快乐可言。只有当他们想到别人对自己的看法，想到别人都崇拜自己，才会认为自己是快乐的——其实他们的内心感受恰恰相反，因为他们虽然在自己的过错上感觉木讷，却对自己的悲哀感觉敏锐。毋庸置疑，显达之士大多不了解自己，因为他们事务缠身，甚至连自身的健康都无暇顾及。就像古人叹息的那样："世人都知死者何人，而死者却不自知，真是可悲啊！"

身居高位的人，既有行善的自由，又有作恶的权力，但后者会招来祸患。就作恶而言，首先要没有作恶的意念，其次要没有作恶的能力。然而行善的权力则是奋发向上者天经地义的目的，因为善意虽是上帝嘉许的，但如果不付诸实践，对于凡人而言，不过就是一场美梦。而要真正行善，非得要有至高的权力地位这种依托。人类行动的目的是立德建功，感到功成名就才能老怀大慰。如果人能参与上帝的功业，他同样也能分享上帝的安息。"神看着所创的万物，一切都很美好"，于是就有了安息日。

为官者走马上任之初，先要向一些榜样人物学习；因为仿效中蕴藏着规则；过一段时间才能以身作则，严格自查当初的作为是否正确。前任的失误也不可忽视；这不是为了贬低他人以抬高自己，而是要避免重蹈覆辙。

因此，进行改革不要大肆鼓吹，不要诽谤先代前辈；而应在沿袭旧制的基础上，开创良好的先例。

凡事应追根溯源，考察它们由盛转衰的原因；但仍不忘察古问今——察古代什么最好，问如今什么最宜。

做事要努力做到有章可循，以便人们可有一个心理预期；但不可过于墨守陈规；如果自己有出格的行为，一定要阐明原因。

身在其位，就必须要维护自己的职权，但不必过问权限的问题；与其大张旗鼓地要求名分，还不如不动声色地掌握实权。对下级的职权也要加以维护；坐镇指挥相比亲力亲为更显尊贵。

行使职权时，欢迎一切的进言献策，千万不要把报信的人当作好事之徒而拒之门外，而是要热情接待他们。

当权者容易有四个缺点：拖沓、腐败、粗暴、耳根软。要想预防拖沓，就要让门不再难进、脸不再难看；要做到守时；做事要干脆利落，分得清轻重缓急。要想预防腐败，不仅要管好自己或仆人的手不拿，而且要管好请求者的手不送；因为奉行廉洁是对一方的约束，而宣扬廉洁、公开厌弃贿赂则是对另一方的约束；所以不仅要预防过错，而且要避嫌。要是人们发现当权者朝令夕改，有明显的变化，却无明显合理的原因，就有腐败的嫌疑。所以，如果你要改变你的看法和行动，一定要作公开的声明，向公众阐明你改变的理由，决不能暗中行事。如果当权者的仆人或者亲信与其过于亲密，但他们又没有别的值得器重的明显理由，往往会被认为他们是当权者通向秘密贿赂的旁门左道。至于粗暴，真是一种毫无必要的招人怨恨的因由。严厉使人畏惧，而粗暴却招人怨恨。即使上级申斥下属时，也应当严肃认真，不可讥笑讽刺。至于耳根软，它比贿赂的危害更大，因为贿赂只是偶尔为之，可是如果当权者总是被无理要求或愚蠢动机左右，那他就永远无法脱身，就像所罗门说的那样："徇私情并非好心，因锡金徇私情的人也会因为一块面包枉法。"

古话说得好："地位凸显人的品格。"地位能让有些人的品格变得更好，也能让有些人的品格变得更坏："如果他没有成为皇帝，大家都认为他会是一位称职的皇帝。"塔西佗这样评价加尔巴，而说到韦斯巴芗时，他却说："所有的皇帝中，只有韦斯巴芗变得更好。"不过前者是指治国才干，后者是指道德品性。一个人的修养随其跻身高位而提高，足见其品格的高洁，因为高位其实就是（或者应当是）德行之位；如同天地万物以雷霆万钧之势奔向自己的位置，一旦就位，就变得沉稳安静，德行也是如此。野心勃勃时宜动，大权在握时宜静。跻身高位就像是攀爬螺旋式楼梯；攀爬时如遇帮派纷扰，不妨加入一派，一旦攀上高位，则要保持公正。公平对待前任的名声，言辞审慎，以免让自己欠下一笔需在离职后必须偿还的债。应当尊重同僚，宁愿出人意料地亲近他们，也不要拒绝他们心有所求时的求见。在日常生活中谈话和答复请求者时不可大摆官威，宁可让人说：“他私下与他坐堂议政时简直是两个人。”

（1612 年作，1625 年略有扩充。）

十二　谈胆大

有人问狄摩西尼[1]：“对雄辩家来说，什么才能最重要?”他答道：“动作声情。”“其次呢?”“动作声情。”“再其次呢?”“动作声情。”这个故事虽然出自浅显的小学课本，但是却值得智者深思。说这话的人对这个问题的认识十分深刻，但在他所称道的事情上却没有先天的优势。雄辩家的动作声情仅仅是浮于表面的东西，不过是演员所擅长的，竟然被抬高到居于创造、技巧等崇高才艺之上的位置，甚至被说成了雄辩最关键的因素、一切中的一切，难道不叫人吃惊吗？然而，其中的道理也十分浅显：一般来说，人性中总是愚蠢比智慧要多，因此能让愚蠢者开窍的才干最有效力。

国家事务中的胆量和这种情况极其相似。处理国家事务首先最需要的是什么？——胆大。其次、再次是什么？——

胆大。然而胆大是由愚昧与下贱产生的，与别的才能相差十万八千里，却总能迷住见识浅薄、胆气虚弱之辈的心窍，捆住他们的手脚。这种人并不是少数，更有甚者，它还能镇住意志薄弱时的智者。因而我们看见它在民主国家创造了奇迹，在元老院和君主专政的国家却无法施展神通。胆大总在行事之初见效，随后就声势大降，因为胆大的人多不守信。有替人看病的江湖郎中，也有替国献策的江湖郎中。这些人夸下海口，也许其计策确实在两三次实验中侥幸成功，但由于缺乏科学根据作为依托，往往难以持久……他们自吹自擂了一番，却又惨遭失败（如果他们确实胆大妄为），于是轻描淡写地一笔带过，然后扭头就走，置之不理。

毋庸置疑，在有真知灼见的人看来，胆大妄为之徒不过是一群博人一笑的小丑。即便在普通民众看来，胆大也多少显得有些滑稽可笑，因为荒唐能博人一笑，你就不用怀疑：胆大中难免没有荒唐的成分。尤其是看一个胆大妄为之徒当众出丑那才真叫精彩，因为他的脸必定会扭曲成一团，犹如泥塑木雕。因为普通人的思想在陷入窘境时还能有所回旋，但大胆之徒在遭遇这种情况时，就只会呆愣在那里，就像一盘陷入僵局的棋，虽然没有被将死，但已无子可动。不过这种场面更适合写进讽刺文章中，而不宜写进严肃的评论中。

还有一点需要谨慎考虑，胆大总是伴随着盲目，因此胆大者往往看不到危险和麻烦。所以胆大不适用于决策，但适用于执行。因此，要想妥当使用胆大的人，千万不能把他放在主帅的位置，只能把他放在副手的位置，听从别人的指挥。因为决策时必须看到危险，执行时则需要无视危险，危险太大当然例外。

（1625 年作。）

【注释】

〔1〕狄摩西尼（前 384—前 322），是古希腊最伟大的雄辩家，7 岁开始学习辩术，但天生有口吃和咬字不清的毛病，后经过刻苦训练纠正了这些毛病。

十三 谈善与性善

在我看来，“善”的真谛就是造福于人的意向。希腊人将其称为“philanthropia”（慈善），现在通用的“人道”（humanity）一词则无法完全表达“善”的真义。我认为善是人之习性，而性善则是人性格的倾向。在一切高尚的品性中，善是最高尚的品性，因为它是上帝的品格。如果没有善，人类就会变得碌碌无为、为非作歹，就像虫豸蠹蛆般有害无益。善符合神学三德[1]中的“仁爱”，它决不会过度使用，但可能被滥用。天使曾因过度的权力欲而堕落[2]，人类也会因过度的求知欲而堕落[3]；然而过度的仁爱却没有危险，对天使和人类都不会造成危害。

善深深根植于人性深处，即便它不施予人类，也要施予其他生物。土耳其人就是一个很好的例子。土耳其人生性残暴，但是他们对禽兽却很仁慈，能够向狗和马施舍，据巴斯贝克记载，在君士坦丁堡，一个基督徒少年因为塞住一只长嘴鸟的嘴来戏耍，差点被人用石头砸死[4]。

确实，善或仁爱这种美德也可能施错对象。意大利有句俗话说得好："对所有人行善，就是不善。"意大利学者尼古拉·马基雅维利则在书中直白地写道："基督教的信仰把善良人当鱼肉奉献给专横无道的暴君，任其宰割。"[5]他之所以这样说，是因为和其他法律、教派或学说相比，基督教最推崇行善。

因此，要想避免上述诋毁与危险，就要懂得如何不错施善心。努力对别人行善，但不可被别人不合情理的想法左右，因为那样做只是顺从和讨好，却恰恰束缚住了老实人的手脚。你不要给伊索的公鸡一颗宝石，因为它更愿意得到一颗麦粒。我们要以上帝的作为为榜样："上帝让阳光照耀好人，也照耀歹人；上帝把雨水降给义人，也降给不义的人。"然而，他不会将财富像雨水那样均分给人们，也不会把荣耀和德行像阳光那样均分给人们。一般的恩惠人人都可分享，但特殊的恩惠却要因人而施。而且要千万当心，不要只谋求画像而毁坏了原型。因为爱是神创造的原型，爱人不过是肖像而已。"变卖你所有的东西，分给穷人，然后跟我来。"然而，除非真地听到了神的召唤，要追随上帝而去，否则千万不要变卖你所有的东西，除非你有本事能让用小钱行善和用大钱行善的效果一样；否则你就是在竭泉注川。

世上不只存在一种受正理指引的行善的习惯，有些人的天性中甚至就存在一种行善的倾向。但是，有些人的天性中就存在一种作恶的习惯，因为他们天生就不喜欢与人为善。恶性较轻者只不过表现为爱作梗、死心眼、好作对、难对付之类。恶性较重者则表现为嫉贤妒能和诽谤中伤。那种人好像总是喜欢幸灾乐祸，还常常对人落井下石，甚至都不如替拉撒路舔舐烂疮的那些狗，只像那些围着烂东西嗡嗡叫的苍蝇。恨世者最喜欢引诱人上吊，但又不像泰门那样献出一棵树来供人上吊。这种性情虽然违背人性，却是造就大政客的最佳材料，就像弯曲的木头适合制造能经受颠簸的船只，却不能建造稳固挺拔的房屋。

善的方式形形色色。如果一个人礼貌地对待异乡人，那就表明他心怀世界，他的心不是一座与世隔绝的孤岛，而是与其相连的广阔的大陆。如果他对别人的苦难心生怜悯，那就表明他的心是一棵没药树，宁愿受伤也要奉献香膏。如果对别人的伤害一笑而过，那说明他的心灵凌驾于伤害之上，所以他不会被伤害。如果他对滴水之恩能涌泉相报，那就表明他看重人们的精神，而不是钱财。然而，最重要的是，如果他有圣保罗的至善美德，为了拯救自己的兄弟而甘愿承受基督的诅咒，那就表明他具有一种神性，与基督本人有一种契合。

（1612 年作，1625 年扩充。）

【注释】

〔1〕信仰、希望和博爱，或有信、有望和有爱。

〔2〕指撒旦及同伙试图篡夺上帝之位，见于《失乐园》，作者弥尔顿（1608—1674）是英国文学史上最伟大的六大诗人之一。

〔3〕指亚当和夏娃因偷吃智慧树的果实而被逐出伊甸园。

〔4〕培根此次的记述有误，原故事中逗弄飞鸟的是一名威尼斯金匠，不是少年。

〔5〕参见尼古拉·马基雅维利《论李维》，不过作者在此话后又说“这种看法是错误的”，因此培根此处的引用有误。

十四　谈贵族

对于贵族，我们先从一个国家的阶层角度来谈，然后再从某些人的一种身份角度来谈。

对君主国家来说，没有贵族就是一个像土耳其帝国那样纯粹的专制国家。因为贵族能削弱君权，帮皇室分担一些百姓的关注。但民主国家并不需要贵族，而且它们和有贵族的国家相比，要更太平，更少叛乱，因为民众更关注事，而不是人。即便关注的是人，也是为了事，关注他们是否能堪当其职，而不是看他们的徽号和血统。我们注意到，尽管瑞士人的宗教五花八门，行政区也很不一致，但这个国家却长治久安，这是因为他们因共同的利益而紧密团结，而不是出于个人的尊崇。尼德兰联省共和国的政府相当出色，因为那里有平等的制度，那里的政府决策也就更加公正，百姓也就更乐意缴税纳贡。一个强大的贵族阶层能使君主的威严增加，却又会使君主的权力减弱；

贵族为百姓注入了活力，却又压制了他们的地位。一举两得的办法则是，贵族不要大到凌驾于君权、国法之上，而是要维持在一定高度上，这样下民的犯上作乱就先要遭受贵族的灭杀，就不会过早危及君王的尊严。贵族数量庞大会导致国家的贫困，因其花销实在太大了。何况随着时间的推移，许多贵族必然家业凋零，造成一种徒有虚名的局面。

接下来从个人身份角度来谈谈贵族。无论谁看见一座屹立至今的古堡或古屋，或者看见一株枝繁叶茂的古木，都会不由得肃然起敬，而当你看见一个古老的贵族之家饱经风霜雨雪仍屹立不衰，更能令人肃然起敬！因为新贵族只不过是权力的产物，而老贵族则是时光的造物。贵族世家的第一代先祖往往比其后代有能力，却不够率真，因为要爬上高位，很难不使用善恶兼施的手腕。然而他们的后代只记得先人的优点，先人的缺陷与其死亡一起消失了，这很合情合理。生来就是贵族的人大多好逸恶劳，而好逸恶劳的人往往嫉妒吃苦耐劳的人。何况，生来就是贵族的人已没多少高升的空间：一个止步不前的人看见别人节节攀升难免会心生嫉妒。另外，贵族可以消除别人对他们的嫉妒，因为他们生来就享有荣耀。毋庸置疑，拥有贵族能人的君王会发现，只要善用他们，他们就能各司其职，因为百姓以为他们天生就有权发号施令，就会自然而然地服从于他们。

（1625 年作，1625 年重写。）

十五　谈叛乱与骚动

身为国家的保护者，应觉察到国内风云变幻的迹象，风云变幻最猛烈之时就是各种力量势均力敌之时；就像自然风暴在春分秋分之际最为猛烈，就像风暴来临前空谷总是有阵风呼啸、海底总是有暗潮涌动，同样，国家的风暴也有类似迹象。

太阳常常向我们发出警告：动荡迫在眉睫，阴谋和暗算正伺机而动。

肆无忌惮地攻击国家和政府，四处散播谣言，而人们也对此坚信不疑，这就是乱世的征兆。维吉尔在叙述谣言女神的家世时说她是巨人的妹妹：

大地之母出于对天神的恼恨，

生下了她，

她就是巨人科乌斯和凯恩拉都斯最小的妹妹。

如此来说，谣言好像是过去神祇叛乱的遗物，其实它更是未来叛乱的前奏。然而维吉尔说得很对，叛乱的骚动和叛乱的谣言差别很小，就如同兄妹之间、男女之间的差异很小一样。尤其当国家最值得称道、最应赢得民心的英明举措遭到诽谤诋毁时，更显不出二者的区别，因为它引导了极大的怨愤，就像塔西佗说的那样：“一旦煽起公愤，无论其举措是好还是坏，都将遭受攻击。”但这并不意味着，由于谣言会引发动乱，所以制止动乱的最佳方法就是对谣言严防死守。其实，无视谣言才是制止谣言的最佳方法。千方百计地辟谣只能助长人们心头的疑云。

还要谨慎对待塔西佗所说的那种服从：“他们领受国家的俸禄，对长官的命令却乐于非议，懒于服从。”对于命令和指示，无论是争论不休，还是推三阻四、吹毛求疵，都是一种不服管束、拒绝服从的尝试。如果在争论中，赞成指示的人言辞谨慎，而反对指示的人却言语放肆，就更是不服管束、拒绝服从的尝试。

另外，马基雅维利说得很对，君王身为所有民众的父母，如果自成一党，偏向一方，那就好像一艘因载重不平衡而侧翻的船。法王亨利三世时代就是这种情况的例证。最初，他偏向了神圣同盟，目的是消灭新教徒，但不久后，这个同盟却反过来要消灭他。因为当王权沦落为某个目的的帮手，而且出现比王权的纲维更牢固的纲维时，君王的大权就注定要旁落。

还有，明目张胆地拉帮结派、相互倾轧，就是政府威信扫地的信号。因为用古典天文学来比喻，一个政府的核心成员的运动应当像“初始动力”作用下的行星那样，每一颗行星在最高动力的支配下迅速运转，而同时也在缓慢地自转[1]。因此，政府要员的自转如果太快，就会出现塔西佗所说的那种“放肆得目无君王”的情况，那就是众星越轨的征兆。君王的尊崇是上帝授予的，因此只有上帝能解除，说：“我也要解开列王的腰带。”

因此，假如政府的四大支柱（宗教、司法、议会和财政）中的任何一个支柱被彻底动摇或严重削弱，人们就只能祈求上帝的怜悯了。不过我们暂且不谈预兆的部分（后文会有详细的阐述），先来谈谈叛乱的因素、叛乱的动机和防治叛乱的方法。

对于叛乱的因素，必须仔细考虑。因为防止叛乱最好的办法（如果时势允许的话）就是釜底抽薪。只要有柴薪，就很难预测何时会有火星燃起一场大火。叛乱有两个要素：一是民众太贫困，二是民众太怨恨。毫无疑问，破产的人越多，支持动乱的人就越多。对内战前的罗马，卢坎曾有精辟的描绘：

从此诞生了如狼似虎的高利贷和骇人听闻的利滚利，

从此产生了信誉的危机和对多数人有利的战争。

这种“对多数人有利的战争”是一个精确无比的预示，预示一个国家将有叛乱和骚动出现。如果殷实人家的破落穷困与普通民众的饥寒交迫合为一体，就真的要大祸临头了，因为饥饿引发的叛乱最难平息。至于怨恨，政府内部的怨恨就像人心里的抑郁一样，积蓄到一定程度就会爆发出来。君王在衡量怨恨的危险程度时，千万不可以它们正当与否作为标准，因为这样就把民众想像得太理智了，其实他们连自己的好东西也会弃之不顾；也不可以他们叛乱引起的痛苦大小作为衡量标准，因为当恐惧凌驾于感情之上时产生的怨气是最危险的。“痛苦其实有限，恐惧却不见边际。”况且在高压之下，激发耐心的东西同样也能削弱勇气，但对恐惧却不然。任何君王、任何国家不要因怨恨已屡见不鲜、层出不穷，但未造成损害而漫不经心。确实不是每一朵乌云都能酿成暴风雨，而且乌云有时候还会被风吹散，但暴雨最终还是会倾盆而下。西班牙有句谚语说得好：“绳子再结实，总会到一拉就断的地步。”

叛乱的原因和动机多是：宗教改革，赋税沉重，法律更改，移风易俗，特权废除，压迫普遍，小人得势，外族入侵，饥荒频繁，兵士遣散，内讧白热化，还有其他各式各样会激怒民众使他们紧抱成团、携手奋进的现象。

至于根治的方法，我们可以谈谈一般性的预防措施。对症下药是根治的一个方法，但只能就事论事，不能一概而论。

根治或预防的第一个办法，就是想方设法地消除前文提及的叛乱的根由，即民众的贫困。这就一定要让贸易保持开放与平衡，重视工业；抑制游手好闲的行为，倡导节约俭省，抑制铺张浪费，改良耕地，调整物价，减轻税赋，等等。总之，要有先见之明：一个国家的人口（尤其是没有因战争杀戮而人口减少时）不能比该国能供养人口的物产多，而且不要仅按数目来计算人口，因为虽然人数少，但如果收入少、花销多，其实要比人数多但收入多、花销少更容易耗尽国家的财富。所以贵族显达的人数剧增，远远大于平民百姓的增长，就会使国家很快陷入贫困。僧侣人数的剧增也是有害无益的，因为他们都不能增加国家财富。如果读书人多而职位少，也会导致这样的恶果。

还有一点需要记住，那就是由于任何国家财富的增加都必须依靠其他国家（任何东西都是有得必有失），那么一个国家能与他国交换的东西只有 3 样：天然物产、工业制品和商务运输。所以，只要这 3 个轮子都转动起来，财富就会像春潮般滚滚而来。还往往出现“劳动胜于物产”的情况，即劳动和运输产生的价值比物产的价值更大，更能增加一个国家的财富，荷兰人就是一个很好的例子，因为他们有着世界上最好的地上矿藏。

最关键的还是要推行良好的政策，以保证国家的钱财不被少数人掌控。否则，即便国家财力雄厚，国民依然会穷困潦倒。金钱就像粪肥，不广施于田就不见成效。要做到这一点，主要靠查禁或者至少严管狼吞虎咽式的暴利贸易和垄断经营的大牧场之类。

至于如何消除不满情绪，或者至少消除不满情绪隐藏的危险成分，我们知道，每个国家的臣民都分为两类：贵族与平民。如果其中一类心存不满，还不算太危险。因为如果没有上层贵族的挑唆，平民百姓往往不会轻易作乱；而如果没有广大群众的响应，上层贵族又没有足够的力量作乱；真正的危险是上层贵族看到下层民众兴风作浪后，就声援响应。诗人们曾假想说，众神本来要捆住朱庇特，可是朱庇特事先得到了消息，于是听从帕拉斯的建议，召唤百手巨人布里阿柔斯前来护驾。这诚然是一则寓言，却充分说明国君必须要赢得民心才能维护君权。

适当给民众一些发泄内心悲愤不满的自由（只要这种发泄不要太肆无忌惮），倒不失为一种稳妥的方法。因为把苦水憋回肚里，将脓血堵进体内，是有产生恶性溃疡和毒性脓疮危险的。

对付不满，厄庇墨透斯的方法[2]倒对普罗米修斯很管用，因为那就是预防不满的最好办法了。当痛苦和灾祸突如其来时，厄庇墨透斯最终盖上了匣盖，将“希望”留在了匣中。毋庸置疑，精心培育希望，并将人们从希望引向希望，是解不满之毒的良药。当一个政府不能用顺应民心的举措赢得民心时，如果能用希望笼络民心，而且处理事务时不至于显出奸邪当道、不可救药的态势，而是还有解决的希望，那么这个政府仍可算是一个英明的政府。这一点容易做到，因为无论个人或党派都喜欢自己给自己脸上贴金，或者至少喜欢言不由衷、口蜜腹剑。

此外，为了防患于未然，一定要预防出现能积聚不满之徒并有聚众领军能力的合适领头人，这一点尽管尽人皆知，但仍不失为一种高明的警戒之策。在我看来，合适的领头人就是声名赫赫的人物，为不满之徒所崇拜和拥戴，而且他们对自身拥有的利益也颇有怨言。对这种人要么给予安抚，用真诚可靠的手段使其归顺国家；要么扶持其同党中的反对者与其分庭抗礼，削弱其声望。一般来说，分化瓦解各个对国家构成威胁的党派组织，使他们相互疏远，或者至少彼此猜忌，也是一种不错的策略。因为要是拥护国策者分裂瓦解，而反对者却抱成一团，那种局面真是叫人绝望。

我发现：某些君王说话尖酸，结果引起了叛乱。恺撒说："苏拉文采不足，因此不懂独裁。"此话等于自掘坟墓，因为使那些原本对他抱有希望、认为他会放弃独裁的人彻底绝望了。加尔巴说，他只征募兵，而不收买兵，结果却招来杀身之祸，因为他断绝了那些渴望获得犒赏的士兵的希望。普罗布斯也因言罹祸，他说："只要有我在，罗马帝国就不需要士兵。"这话令士兵陷入极度的绝望。像这样的例子，数不胜数。所以在情况微妙和事态危急时，君王一定要小心措词，尤其是说一些简言短语时要当心，因为犀利的言辞会像投枪匕首那样脱手急飞，且往往被认为是君王的肺腑之言；至于长篇大论，倒因为枯燥乏味而不太会引人注意。

最后，为了预防不测，君王身边一定要有 1 名或多名猛将，以便将叛乱扼杀在萌芽阶段。因为缺了这种猛将，动乱一起，满朝文武都会惊慌失措，国家就陷入塔西佗所说的危险局面："人们普遍的心态是：对于叛乱这样大的恶行，敢首当其冲的人少，想参与其中的人多，而人人都能容忍叛乱。"但这样的猛将必须是忠实可靠、克己奉公的人，决不能是结帮拉派、哗众取宠之徒，而且能和其他政府要员同心同德；如其不然，则药猛于病。

（1625 年作。）

【注释】

〔1〕指古希腊天文学家托勒密（前305—前30）在《大综合论》中说到的“地球中心说”。

〔2〕希腊神话中，厄庇墨透斯打开了潘多拉带来的匣子，飞出一大批灾害，但他及时关上匣子，留住了匣子最底部的希望。

十六　谈无神论

我宁愿相信《金传》[1]《塔木德经》[2]和《可兰经》里所有虚构的故事，也不愿相信天地万物中没有神灵。上帝创造的一切都推翻了无神论，因此他不需制造奇迹来特别证明。诚然，对哲学一知半解使人心倾向无神论，但深入研究哲学却使人心皈依宗教。因为人的心智专注于零零碎碎的次因[3]时，有时不免会误认为其是源头而止步不前，但人的心智专注于一系列互相关联的次因时，它就会飞向天与神了。不仅如此，即便是那个最被人指责为无神论的学派，即以留基波、德谟克利特和伊壁鸠鲁为代表的原子说学派，也几乎证实了神的存在。因为在以下两种学说看来，这种秩序和美都不是出自神的安排，但第一种比第二种有着更高的可信度。亚里士多德学派认为它与神无关，而是在适当、永久的安排下，由4种多变的元素和第五种不变的本质创造的；原子说学派认为创造它的是一群无数的未经安排的微小原子或粒子。《圣经》上说，“愚顽人心里说没有神”，但这并不是说，“愚顽人心里想”。所以与其认为愚顽人心里那么说就可能那么想，倒不如说他完全可能相信神的存在，或者说可能使他相信神的存在。因为没有人会否认神的存在，除非他能从无神论中获利。无神论者总喜欢将自己的看法挂在嘴上，仿佛他们只有得到别人的赞同，发虚的内心才会变得踏实一点似的。如此看来，无神论只不过是一个谈资罢了，并没有深入人心里。不仅如此，你还会发现无神论者像其他派别一样在拼命招揽信众；更有甚者，你还会看到他们甘愿忍受各种折磨，也不肯放弃无神论的信念。可如果他们真心认为没有神存在，那他们何必自我折磨呢？伊壁鸠鲁认为，神是存在的，不过他们将人间事务抛掷一旁，只知道沉溺享乐。他的这种说法招来了指责，认为他是在沽名钓誉。他们还说，他这完全是推托搪塞，心里仍然质疑神的存在。不过这确实是对他的诽谤，因为他的话饱含高尚与神圣：“质疑俗人所说之神的存在，并非是对神的亵渎；将俗人的观念强加于神，才是对神的亵渎。”恐怕柏拉图也不能说出比这更精辟的话了。再者，伊壁鸠鲁虽敢于否认神的职能，却不能否认神的性质。西印度人为他们的神灵一一取名，却不知道上帝这个名字，就好像异教徒有“朱庇特”“阿波罗” “马尔斯”等名字，却没有“神”这个名字一样。这就表明即便是那些尚未开化的野蛮人也有神的概念，只不过他们的概念不是那么深奥精微。所以说到反对无神论，野蛮人其实是支持最深奥的哲学家的。深思熟虑的无神论者世间罕有，也许狄亚哥拉斯[4]算一个，彼翁[5]算一个，卢奇安[6]算一个，还有另外几个人，不过他们似乎也徒有虚名，因为只要一个人抨击一种公认的宗教或迷信，就会被扣上无神论者的帽子。不过那些知名的无神论者确实都是些伪君子，因为他们在谈论神圣事物时总是没什么感情，所以最后一定会变得麻木不仁。

导致无神论的原因很多，宗教分裂就是一个很大的原因，因为一次大分裂会增加双方的热情，而多次分裂则会导致无神论。神职人员丑闻也是一个原因，就像圣伯尔纳说的那样："现在我们不能说'有这样的民众必有这样的神父'，因为民众没有神父败坏。"亵渎嘲弄圣事圣物的风习也是一个原因，它潜移默化，让宗教的尊严受到了损坏。学术昌盛的时代是最后一个原因，尤其恰逢太平盛世，国泰民安，因为动荡与艰难更能使人心倾向宗教。

否认神，就是在毁灭人的高贵，因为人在肉体上与野兽相近，如果人在精神上不与神相近，那他就不过是个低贱的动物。无神论也摧毁了人崇高的品性，妨碍了人性的升华。就以狗为例，它发现自己被人豢养的时候，表现得多么豪迈、勇敢，因为在它看来人就是神，或者是一种"高级生命"。而这样一种动物如果不信服那些比自己更高级的生命，显然是不会产生那种勇气的。人也是如此，当他确信自己获得神的保佑和恩惠时，就能凝聚一种人性本身无法企及的力量和信念。由此可见，在各个方面都让人厌恨的无神论，在这一方面也不例外，因为它剥夺了人类超越人性弱点的手段。对个人是这样，对国家也是这样。罗马可以说是世上最伟大的国家，而对于这个国家，西塞罗是这样说的："诸位议事官，我们尽可以为自己骄傲，尽管我们在人数上不如西班牙，在力量上不如高卢，在狡黠上不如迦太基，在艺术上不如希腊，甚至在对这片土地和这个国家的热爱上，我们也不如土生土长的意大利人和拉丁人。但在虔诚和宗教信仰上，在这唯一的智慧上，所有的国家和民族都比不上我们，因为我们认识是神的意志主宰着万事万物。"

（1612 年作，1625 年略有扩充。）

【注释】

〔1〕指由 13 世纪的热那亚大主教雅各 · 沃兰编写的一本圣徒故事集。

〔2〕一部犹太教法典，公元 1 世纪到公元 2 世纪，犹太人恢复独立的愿望被罗马帝国粉碎，于是开始将目光转向传统律法的研究和编纂，集结成《塔木德》这部有关犹太教律法以及对律法不断进行评注的著作。

〔3〕次因，又称第二动因，此处指由于第一动因的推动而产生的个别事物和运动的原因。亚里士多德学派认为，第一动因是一切事物的最后目的和运动的最终原因，牛顿则认为第一动因是最初推动一切行星由静止开始运动的一种外来力量。

〔4〕狄亚哥拉斯，是雅典哲学家，外号“无神论者”，被判亵渎神灵而遭驱逐，逃往柯林斯，于公元前450年左右去世。

〔5〕彼翁，是希腊哲学家、讽刺诗人，曾撰文讽刺诸神，约死于公元前240年，死前曾忏悔自己亵渎神灵的行为。

〔6〕卢奇安，古希腊讽刺散文作家、无神论者，曾撰文《演悲剧的宙斯》批驳神造世界的学说，于公元180年去世。

十七　谈迷信

对于神，与其胡说八道，还不如不置可否，因为后者只是不信神，前者则是渎神。毋庸置疑，迷信神就是在亵渎神。对此，普卢塔克的观点真是一针见血："我宁愿大家说根本不存在普卢塔克这个人，也不愿意让他们说，确实有一个普卢塔克，他每生下一个孩子，就要吃掉他们。"就像诗人们说萨图恩那样[1]。越是亵渎神，人招致的灾祸就越大。

无神论让人依赖感知、哲学、天伦亲情、法律、名声，诸如此类，尽管没有宗教，也可以引导人走向一种外在的美德。然而迷信却不是这样，而是在人心中树立起一种绝对的君主专制。因此，无神论从来没有危害国家，因为它让人小心谨慎、安守本分。所以我们看到无神论占上风的时代（如恺撒·奥古斯都时代）都是国泰民安。然而迷信却在许多国家兴妖作怪，带来了一种新的“初始动力”，导致政府的所有“天体”都脱离了轨道。

民众是迷信的主导，在一切迷信中都是本末倒置的，智者往往追随愚，理论反而服从于实践。在倾向经院派理论[2]的特伦托会议[3]上，一些高级教士曾犀利地指出，经院派哲学和天文学类似。为了自圆其说，天文学家编造出偏心轮、本轮和诸如此类的星球运行方式，其实心里清楚这些根本就是无稽之谈。经院派哲学家也以同样的方式编造了许多奥妙复杂的原理和定理，来解释教会的做法。

导致迷信的原因有：注重娱目悦耳的仪式；专注于金玉其外、虚有其表的神圣；对传统的过度尊崇使得教会负担加重；高级僧侣为满足个人野心和钱财而耍阴谋；太看重良好动机，却引得人们想入非非、标新立异；以人事来瞄准神事，只能助长非分之想；最后则是野蛮时期尤其是灾祸不断的野蛮时期频繁出现。

一旦揭去迷信的面纱，就会发现它丑陋至极；猿猴和人太相似，就反而叫人觉得古怪，同样迷信伪装宗教反而更显得不三不四。鲜肉腐烂会生出蛆虫，同样良好的礼仪规章败坏了，就会变成繁文缛节。如果人们认为离原来的迷信越远越好，就又出现了一种躲避迷信的迷信。因此，千万不要好坏不辨，统统除掉，那样就会像下猛药险些导致丧命一样。

民众掌控改革大权，就常常干出这样的事来。

（1612年作，1625年略有扩充。）

【注释】

〔1〕萨图恩（在希腊神话中名为克洛诺斯），是古罗马神话中的古宇宙之主宰，因为有预言说他的统治将被自己的儿子推翻，于是一等子女出生就吞噬掉他们。然而他的妻子生下宙斯（朱庇特）后，用石头伪装成婴儿被吞下，后来宙斯果然推翻了他的统治。

〔2〕是一种为宗教神学服务的思辨哲学。它的研究只允许在基督教教义的范围内自由思维，为信仰找合理的根据。它反对离开教义而依靠理性和实践去认识和研究观点。因而其结论也不受经验和实践的检验。

〔3〕指于公元1545年在奥地利特伦托召开的天主教会的第十九次大公会议，主旨在于反对宗教改革运动，维护天主教的地位和教皇的权威。这次会议时断时续，直到公元1563年才宣告结束，历时18年。

十八　谈旅游

旅游，给予年轻人的是教育，给予年长者的是经验。去语言不通的国家，与其说是去旅游，不如说是去上学。我其实支持年轻人在家庭教师或老成持重的仆人的带领下去旅游，只要带领者懂该国的语言，并且有游历该国的经验。这样，他就可以向年轻人推荐他们所到的国家里最值得游赏的地方、最应当结识的人士，以及当地可提供什么活动或训练。否则，年轻人就好像雾里看花，所见甚少。

在海上旅行，只能看看海面，看看天空，没有其他的风景，人们习惯写写日记。然而在陆地上旅游，值得观察的景物让人目不暇接，人们大都疏于记录，仿佛和悉心观察相比，闯入眼帘更值得记录似的，这难道不奇怪吗？因此，应当坚持写日记的习惯。

值得参观的事物有：皇家宫廷，尤其是君王接见使臣；诉讼法庭，尤其是法庭审案过程；各种宗教会议；教堂和寺院及其古迹文物；城墙和城堡；海港和码头、古物与遗迹；图书馆、学院，最好能遇上答辩、演讲；航运与舰队；大都市近郊的雄伟建筑与游乐花园；军械库、兵工厂、火药库；市场、交易所、货栈；马术训练、剑术、军训；备受上流人士青睐的剧院；珍贵的珠宝衣物；精品陈列与稀世珍藏。总之，所到之处的一切值得记忆的事物都应观看，因此家庭教师和家仆都要多探察这方面的消息。至于庆祝盛典、假面舞会、宴会、婚礼、葬礼、行刑之类的场面，人们不必心向往之，但遇上了也别错过。

如果你要让一个年轻人在一次小范围的短期旅行中尽可能有更多的见识，你就必须这样做：首先，如上所述，在他出发前，一定要对该国的语言有所了解。其次，上面也提到了，他必须要有一个熟悉该国情况的家庭教师或仆人。他还得准备一些描述该国情况的地图和书籍，这能很好地帮助他了解该国情况；他还应当记日记；不能在一个城市逗留过长的时间，要根据该地的价值来定逗留时间，绝不能太长。不仅如此，他逗留在一个城市时，最好经常变换居住地点，体验该城各个地区的居住环境，这样能帮助他结交到更多的人。不要总是跟本国人厮混，而要去往该国上层人士聚会的地方进餐。前往另一个旅游地点时，应请人引荐去结识他要去的地方的名人，以便他在想参观或想了解某些事上能获得一些帮助。这样不仅能缩短他的旅游时间，还增长了不少见识。至于在旅游期间应结识的人，我认为最好结交各国大使的秘书和随员。这样他就能在游览一个国家时获得在多个国家游历的经验。他也得去拜访名扬海外的各界名流，以便了解各界名流是否名副其实。至于争斗，则要谨言慎行，小心避免，争斗的起因大多都是争夺情人、宴会祝酒、争夺座次、出言不逊。他最好不要与脾气暴躁、动辄发怒的人随同，因为这种人在争吵时常常把他也卷进去。

旅游回国以后，不可完全抛开旅游过的国家，而应当与在当地结识的、最值得结交的朋友保持通信。还要注意，他的旅游经历不应体现在他的衣着举止上，而要表现在他的言谈中。即便在言谈中，回答人家的问题时也必须小心措辞，绝不大肆吹嘘自己的经历。他还要注意不要让人觉得他是想用外邦的习俗来改变本国的习俗，而是要让人觉得他是想将从国外学得的精华植入本国的习俗中去。

（1625 年作。）

十九　谈君权

想要做的事情很少，害怕做的事情却很多，这种心态真是可悲，而这却是大多数帝王的心态。因为他们在地位上已登峰造极，无所希求，所以弄得他们精神颓唐；同时他们身边总是险象环生，因此整天疑神疑鬼，使得他们的心理更加阴暗。这就是《圣经》上说“君王之心测不透”的一个原因。一个人如果缺乏一种主要的渴求来引导、调整其余的渴求，就会变得猜忌多端，其心思也就难以测度。于是一些君王也每每为自已制造一些欲望，把心思寄托在一些琐事上：或迷恋建筑工事，或新创一种祭礼，或栽培一个臣子，或钻研一门技艺，如尼禄善弹竖琴，图密善精于射箭，康茂德好击剑，卡里卡拉精于驾车[1]，如此等等，不胜枚举。这似乎很难让人相信，但这却是一个真理：和在大业上止步不前相比，在小事上有所进取使人兴高采烈、心情舒畅。我们还发现有些帝王早年四处征战时都是无往而不利，但征战不可能永远一往无前，总有受阻碰壁的时候，他们在晚年就变得迷信、忧郁，亚历山大[2]、戴克里先[3]以及还未被我们遗忘的查理五世[4]，都是这样的帝王。因为习惯一直勇往直前的人，一旦止步不前，就会自暴自弃，不复当初的神勇。

下面说说君权的真正结构，这种结构是很难维持的。因为无论是结构还是解构，都包含着矛盾对立，不是把它们融为一体，就是让它们交替轮换。阿波罗纽斯[5]答复韦斯巴芗的话就极富教益。韦斯巴芗问他："是什么导致了尼禄覆灭?"他回答说："尼禄精通琴技，却在治理国家时忽而把弦绷得太紧，忽而又放得太松。"毋庸置疑，忽而大施淫威，忽而听之任之，这种对权力不合时宜、均衡失当的使用，真是对权威最大的破坏。

其实，近代君王的统治之道不是防范于未然的智慧谋略，而是在危难临近时侥幸躲避、设法转移的权宜之计，说白了就是在碰运气。因此，君王一定要注意，不要忽视、容忍野心勃勃者积蓄动乱的柴薪，因为谁也无法阻止火星迸发，谁也预料不到火星从何处迸发。君王事业中的困难既多且大，然而最大的困难往往藏于他们的内心。因为君王做事常常自相矛盾，就像塔西佗说的那样："君王的欲望通常都极其强烈，而且相互矛盾。"[6]想达到目的，而又不忍采取手段，这是君王的大忌。

君王必须应付的有：接壤邻邦、后妃子嗣、高级教士或僧侣、王公贵族、新贵士绅、市贾商人、平民百姓和士卒兵丁，如果稍不注意，都可能被他们伤害。

先说接壤邻邦，由于形势多变，所以难以有一个总则，但有一条是亘古不变的，那就是君王必须时刻警戒，提防邻国（通过领土扩张、贸易诱惑、重兵压境等办法）变得过分强大，对自已造成前所未有的威胁。预见、阻止这种事态通常是政府枢要的工作。在英王亨利八世、法王弗兰西斯一世和查理五世大帝三雄鼎立的时代，他们就这样相互监视，不允许任何一方侵占哪怕巴掌大的一块土地，如有一方胆敢越雷池一步，其余两方就会立即采取措施，或是结盟，或是诉诸武力，绝不苟且偷安，养虎贻患。与此类似的，还有那不勒斯国王斐迪南、佛罗伦萨的实际统治者洛伦佐·美第奇和米兰大公卢多维科·斯福尔扎结成的同盟（圭契阿迪尼[7]称该联盟为意大利的安全保障）。在一些经院派哲学家看来，人不犯我，我若犯人，便师出无名，这种观点真是荒谬。虽然尚未遭受实际的攻击，但危险已逐步逼近，出于恐惧，先发制人，也算是师出有名。

说到后妃，其中不乏残忍毒辣的事例。莉维亚因毒害丈夫而臭名远扬[8]；苏莱曼一世的王后罗克珊拉娜不仅挑唆皇帝杀死王子穆斯塔法苏丹，而且扰乱宫廷、混淆皇室血脉[9]；英王爱德华二世也被其王后和王后的情人废黜并谋害[10]。后妃在为自己的儿子谋划王位或与人通奸时，尤其要注意防范这种危险。

说到子嗣，他们引发的祸乱也屡见不鲜，多是因为君王对子嗣产生猜疑。我们在上文提到穆斯塔法之死就带给了苏莱曼王室致命的一击，因为谢里姆二世被认为是其母的私生子，因此从苏莱曼起直至今日，土耳其的王位继承者都摆脱不了血统不正的嫌疑，被怀疑有外来血统。君士坦丁大帝处死了年轻温顺的王子克里斯普斯，这也给了王室致命的一击，因为他的两个儿子君士坦丁和君士坦斯都死于非命，还有一个儿子君士坦提乌斯结局也算不上好，他虽说是病死的，却是在尤利安起兵反叛他之后[11]。马其顿王腓力二世处死其子德米特里厄斯，后却发现纯属误会，因此悔恨身亡[12]。历史上有很多这样的例子，但很少有君主因此类怀疑而获益，甚至根本没有。当然不包括儿子公然举兵反叛父王的情况，如谢里姆一世讨伐巴业塞德、英王亨利二世讨伐三个儿子[13]。

妄自尊大、气焰嚣张的高级教士也会给君权造成危险，如当年坎特伯雷大主教圣安塞姆和托马斯·贝克特，就公然利用主教的牧杖来对抗帝王的刀剑。不过他们对付的君王都强悍骄纵：威廉·鲁弗斯、亨利一世和亨利二世。这种危险并非来自那个教士本身，而是来自在他们背后支持的那些国外势力；或是因为教士不是由君王或有圣职授予权的人士遴选，而是由平民百姓推举。

说到王公贵族，最好与他们保持一定距离；不过对贵族的抑制会助长君王的独裁，减少君王的高枕无忧，随心所欲实施主张的能力也日益减弱。我在拙著《英王亨利七世本纪》中就强调过这一点。亨利七世因为压制贵族，使得他对国家的统治变得困难重重，动乱不断，尽管贵族嘴上仍宣称效忠，却在国事上不给予配合，所以他不得不事必躬亲。

说到新贵士绅，因为他们这个群体比较分散，所以不会造成多大危险。他们有时候也大放厥词，但危害甚微。况且他们可以抵消贵族的势力，避免贵族势力过于强大。最后，由于他们是君王与平民之间的纽带，因此能很好地缓和民众的动乱。

说到商人，他们可说是国家的“门静脉”[14]，如果“门静脉”血量不盛，就算一个国家肢体完好，也会出现血管供血不足、营养不良的情况。对商人征收重税，对君王的岁入其实都没有太大的好处，因为这纯粹是贪小失大之举：税率虽然增加了，但商贸总额却减少了。

说到平民百姓，他们其实没什么危险性，除非他们有了强有力的首领；或者你对他们的宗教、风俗习惯和生活方式横加干涉。

说到士卒兵丁，只要他们建制不变、久驻一方，又习惯领取犒赏，就对君权有不小的威胁；骄纵的土耳其新军和贪婪残忍的古罗马禁卫军就是很好的例子。如果让他们兵无常帅、驻无常地，还不给犒赏，就能在维护国家安全的同时，很好地防范这个阶层对君权的危险。

君王就好像天上的星宿，能带来清平盛世，也能引发动荡岁月。他们受万人景仰，却时刻不得安宁。对君王的种种警语其实可囊括为两个“切记”：“切记你是个人”和“切记你是个神或神的替身”。前者是对他权力的约束，后者是对他意志的扼制。

(1612 年作，1625 年扩充。)

【注释】

〔1〕尼禄、图密善、康茂德和卡里卡拉都是罗马暴君。尼禄(54—68) 曾向竖琴大师特尔普努斯学琴，并经常为自己举办演奏会。图密善 (81—96) 只喜欢弓箭，曾让一名奴隶站在百步开外举掌为靶角斗，他射出的箭穿过其指间而不伤其手。康茂德(161—192) 喜欢击剑和角斗，时常亲自下场与角斗士或野兽搏斗。卡里卡拉 (188—217) 喜欢驾驶战车，宣称自己是在模仿驾驶太阳金马车的阿波罗。

〔2〕亚历山大（前356—前323），是古马其顿国王、亚历山大帝国皇帝、欧洲历史上最伟大的军事天才，征服全境约500万平方公里（西起古希腊、马其顿，东到印度恒河流域，南临尼罗河第一瀑布，北至药杀水），是当时世界上领土面积最大的国家。

〔3〕戴克里先（250—312），原名狄奥克莱斯，是罗马帝国皇帝（公元284年—公元305年在位），结束了罗马帝国的第三世纪危机（公元235年—公元284年），建立了四帝共治制，使其成为罗马帝国后期的主要政体。

〔4〕查理五世（1500—1558），是西班牙国王卡洛斯一世（公元1516年—公元1556年在位），也是神圣罗马帝国皇帝（公元1519年—公元1556年在位），开启了西班牙日不落帝国的时代。

〔5〕阿波罗纽斯，是公元1世纪的毕达哥拉斯学派的哲学家，自称有创造奇迹的本领。

〔6〕此话并非出自塔西佗，而是出自《朱古达战记》一书，作者是古罗马历史学家萨卢斯提乌斯（前86—前35）。

〔7〕圭契阿迪尼（1483—1540），是佛罗伦萨史学家、政治家，编写的20卷本《意大利史》打破了邦国界限，勾勒出了公元1494年—公元1534年尚未统一的意大利全貌。

〔8〕莉维亚（前58—29），是恺撒·奥古斯都（屋大维）的第三任妻子，传说她为了让儿子提比略继承帝位，毒死了自己的丈夫。

〔9〕苏莱曼一世（1494—1566）是奥斯曼帝国最伟大的苏丹，却因为王后罗克珊拉娜（1506—1558）的挑唆，勒死了才干出众的长子穆斯塔法，而王后的儿子日汗吉尔得知这个噩耗后，羞愤

地自杀身亡，其余两个儿子谢里姆和巴业塞德则相互争斗，最终巴业塞德被诛，谢里姆二世继位。不过因为谢里姆长相性格都不像苏莱曼所生，因此被疑是王后的私生子。

〔10〕爱德华二世（1284—1327）的王后伊莎贝拉是法王腓力四世的女儿，因为不满国王宠信佞臣，王后联合情夫马奇伯爵（莫蒂默）及贵族，废黜并处死了国王。

〔11〕君士坦丁大帝（272—337），是世界历史上第一位尊崇基督教的罗马皇帝，听信妻子法乌斯塔的谗言而处死了与前妻列尔维娜所生的长子克里斯普斯，死后其帝国被3个儿子君士坦丁二世、君士坦提乌斯二世和君士坦斯一世瓜分。公元340年，君士坦丁二世入侵意大利未果被杀；君士坦斯一世则于公元350年被部下马格嫩提乌斯所杀，君士坦提乌斯二世成为罗马帝国唯一的奥古斯都，但随后被自己的堂弟尤利安反叛，他准备与尤利安决战，但还未开始战斗，自己就因病去世（公元361年）。

〔12〕此处有误，应是腓力五世，而不是腓力二世。德米特里厄斯是因为受到兄弟珀尔修斯的虚假指控，指控他阴谋篡夺其父的王位，被父亲下令于公元前179年处死。

〔13〕英王亨利二世（1133—1189）的3个儿子杰佛里、约翰和理查联合起来，于公元1172年—公元1173年反叛。

〔14〕多指肝门静脉，是由静脉到静脉的血管，功用在于把小肠吸收的营养物质运送到肝脏进行代谢并将有毒物质进行降解，同时通过肝门静脉使得上、下腔静脉相通，一旦产生病变时，静脉可经门静脉系统回血入心脏。

二十　谈诤谏

人与人之间最大的信任，莫过于接受对方提出的诤谏。因为在其他的信任中，人们托付的只是生活的一部分，如田地、产业、子女、信贷、某件具体事情，但对那些被视为谏臣诤友的人，人们却胆敢托付自己的身家性命。如此看来，诤谏者更应做到忠诚正直。明君决不要认为听从诤谏就使自身的威严、能力受损。上帝本人也需要诤谏，因此赐予圣子一个“策士”的尊号。所罗门也认为“诤谏带来安定”。凡事都有波动，如果不在争议中颠簸，就要在运气的浪头上翻腾，就像一个醉汉踉跄行路，稍不注意就会摔个跟头。正如所罗门深知诤谏的必要，他的儿子罗波安则对诤谏的力量深有体会，因为上帝钟爱的王国最初就是因为他听信妖言而分崩离析的[1]。对于明察妖言，我们可从中获得两点借鉴：从人的角度来看，它是无知小儿的妄说之言；从事的角度来看，它是张狂之徒的狂暴之言。

关于君王与诤谏密不可分，以及君王明智、策略地纳谏的情况，古人早已用形象的故事阐明：一个故事说，众神之王朱庇特娶了智慧女神美蒂斯，美蒂斯是诤谏的象征，二者的结合就成了君权与诤谏的结合；后面的故事是这样讲的，他们说，朱庇特与美蒂斯成婚以后，她便身怀六甲。第二个故事则延续上一个故事，说朱庇特不等美蒂斯生下孩子，就把她吞进了肚里，结果让自己怀了孕，最后从自己的脑袋里生出了全身披挂的帕拉斯。这个寓言看似荒诞不经，却包含着君权的秘密，即君王应如何利用议会：首先，君王应像寓言中的受孕怀胎一样，把事情交由朝臣策士议论，使其在议会的子宫里发育成形，待其成熟长大、即将分娩的时候，君王就要剥夺议会发号施令、决断定夺的权力，不让他们觉得此事非他们不可，而是像吞噬美蒂斯那样，把事情的决定权收回到自己的手里，让人们知道那些敕令和最终指示（因为出台时慎重有力，所以酷似全身披挂的帕拉斯）都是出自君王本人，不仅来自他们的权威，而且出自他们的才智谋略（能增强君王自身的声望）。

下面，我们来说说诤谏的弊病和除弊之法。人们发现求谏和纳谏时的弊病有3个：一是暴露事由，不利于保密；二是损伤君王权威，贬低君王的决策权；三是存在偏听偏信的危险，使得进谏者获利比纳谏者还大。为了根除这三大弊病，法兰西和意大利的几代君王曾倡导过秘密会议制度，但却导致药猛于病的恶果。

说到保密，君王可有选择地向议会通报，无须事事都向议会通报；向臣子征询事宜时不必告知其欲做何事；但君王一定要谨言慎行，避免自泄其密。对于秘密会议，“我漏洞百出”最能提醒他们。只要有一个喜欢说三道四的人，其他人再守口如瓶也无济于事。确实，对于需要高度保密的某些事，在君王之外，最多只能告知一两个人。这样的诤谏不是什么坏事，因为不仅有利于保密，而且能保持大方向的一致，减少分歧。不过纳谏者必须是一位能独当一面、英明睿智的明君，而且诤谏者必须是足智多谋的明达之士，尤其是要绝对忠于国王的旨意；英王亨利七世这样的君王，一涉及至关重大的事情，他总是讳莫如深，闭口不谈，最多透露给莫顿和福克斯〔2〕一丝半点。

说到损伤君王的权威，上面的寓言也给出了解决的办法。何况，与其说国王走进议会可能损伤其尊严，还不如说能提升其威严；从来没有一个君王因为走进议会而被架空权力，除非某个谏臣势力过大，或是拉帮结派的情况十分严重，但这种情况容易发觉，也很容易制止。

至于最后一个弊病，即有人带着私心去进谏。毋庸置疑，要知道“他在世上难觅忠信信德”其实是时代的特征，不是单指个人的禀性。有些人天性忠信两全，坦诚兼备，而非阴险狡诈、诡计多端，君王特别要注意招揽这种人才。何况，谏官一般都不会抱成一团，而是相互戒备，因此如果有人进谏是为了党派利益和私利，君王肯定会有所耳闻。不过根除这个弊病的最好办法则是：君王要像谏臣了解君王那样了解谏臣，因为“君王之大德在于知人善任”。与之相反的是，谏臣不要过多地探察君王的禀性。一个称职的谏臣应精通君王的事务，而不是熟知君王的脾性，因为只有这样才能直言进谏，而不是投其所好。君王听取诤谏时如果能做到公谏与私谏兼顾，效果才会特别好，因为私下的诤谏比较随意，当众的诤谏则有诸多的顾忌。私下进谏时，人们可以大胆地直抒己见；当着众人进谏时，人们就容易被别人的性情影响。因此，最好还是兼听。对于微臣的诤谏，最好选择私谏，以便他们畅所欲言；对于重臣的诤谏，则最好选择公谏，以确保其言辞谨慎。君王听取的诤谏如果只着重于谈事不论用人，就是劳而无功，因为事不过是没有生命的计划，选人得当才能赋予事以生命。对于人，如果像处理一种概念或数学定义那样采取触类旁通的办法，只关注一个人的所属类型、性格，那是不够的；因为大错的铸成或大智的显示，关键都在选人。“死人是最好的谏官。”“谏官畏惧沉默时，书籍却会直言。”这话不假。可见多读书大有裨益，尤其要读那些曾在公众舞台上扮演过关键人物的人的著作。

现在的议会多像亲朋好友的会面，议论但不争辩事情。他们总是草率地面对议会的程序或法案。对于重大问题，最好是提前一天提出议题，第二天再开始议论，就像俗话常说的“夜里出良策”。英格兰和苏格兰统一委员会就这么做过，要知道它可是一个严肃认真、井然有序的立法机构。我建议安排固定的日期给请愿者，因为这样可以让请愿者知道什么时间来不会白跑一趟，也能让会议有充分的时间讨论国家大事，以便让当务之急得到及时的处理。在议会选设提案委员会时，为保证公平公正，最好选用不偏不倚的无党派人士，而不是选用双方的死硬派。我还建议针对贸易、财政、战争、诉讼及一些专门事项，建立与之对应的常务理事会。有的地方有很多议会，但只有一个国会（如西班牙），议会就等同于常务理事会，只不过权力大些而已。律师、水手、铸币人员这类的专业人员如要向议会呈报某事，应先向理事会呈报，然后再在恰当的时机向议会呈报。呈报时不可成群结伙而来，也不要声嘶力竭地呼喊，因为这样好像不是在呈报，而是在威胁议会。会议的座次一般是沿长桌、方桌、墙壁而坐，这看起来似乎只是形式问题，其实有本质上的不同：沿长桌而坐时，整个局面的掌控权其实在坐在上首的几个人手中；但如果采用其他座次，则坐在下首的进谏者的诤谏更容易被采纳。君王主持会议一定要小心一点，在讨论问题时勿过多地表明意向，否则谏臣就会曲意逢迎，而只会唱“我主圣明”的赞歌，不会直抒己见。

（1612 年作，1625 年扩充。）

【注释】

〔1〕罗波安（？—前 910），是大卫王的孙子、所罗门王的儿子，也是古代中东国家犹大王国的首任君主，但他违弃耄老之谋，偏听少者之计，导致以色列国分裂成南北两国。

〔2〕约翰·莫顿（1420—1500），是亨利七世的机要大臣，曾担任坎特伯雷大主教与红衣主教、大法官和枢机主教。理查德·福克斯，是温彻斯特主教，在亨利七世即位之前就深受其赏识。

二十一　谈拖延

幸运就像集市，如果你在里面多逛一会儿，物价可能就会下跌。不过，它有时候也像西比尔售书[1]，最开始是出售一整套，后来却烧掉几卷，再烧掉几卷，但仍坚持以一整套的价格出售剩余的书。因为“时机”（就如俗话所说）：“她给你额发你不抓，转过来就是一个秃脑瓜。”[2]或者你至少要知道这句俗语：“先给你个瓶脖子你不抓，再给你瓶肚子就难抓了。”

善于抓住事物发展的苗头才是最明智的。等到危险看上去不大，那危险其实就不会小了。虚惊一场的危险总是要比咄咄逼人的危险多。不仅如此，与其长久地干瞅着危险一步步逼近，还不如不等危险走近就将其击毙。因为一个人如果瞅得太久，他就可能会松懈睡着。此外，如果因晕光幻影的迷惑（如月亮低悬，使得敌人的影子拉长，使人迷惑上当）而提前出击，或者过早防御，反而陷入险境，就走向了另一个极端。

由此可见，判断时机是否成熟，必须小心掂量；总言之，在执行重大行动时最好让百眼巨人阿耳戈斯做先锋，再让百手巨人布里阿柔斯紧随其后，其实就是先要仔细查探形势，然后加紧执行。因为对明智的政治家来说，普路托那顶能隐身的头盔[3]就是议事保密和执行快捷的结合体。事情一旦要付诸实施，最好的保密在运作上要有迅雷不及掩耳的速度，就像出膛的子弹，快得眼睛都跟不上。

（1625 年作。）

【注释】

〔1〕传说，古罗马的一位女先知西比尔来见国王塔奎尼乌斯·普里斯库斯（？—前 578），向国王出售她写作的神谕集《西卜林书》9 卷，遭到国王拒绝后，她便烧掉了其中的 3 卷，又来向国王出售，但价格不变，再次被国王拒绝，她便再烧了其中的 3 卷，然后又向国王出售，价格还是不变。此时国王经占卜师点破，方知此书是宝，于是买下了剩下的 3 卷书，作为圣物供奉在卡匹托尔山神庙，专门委派官员保管，只有在国家情势紧急的情况下才查阅。

〔2〕指幸运女神前额有头发，后脑光秃。此话最早见于古罗马作家加图的《道德箴言》2 卷。

〔3〕普路托，是古希腊、古罗马神话中的冥王，使用一顶能隐形的头盔库内埃潜入提坦的大本营，毁掉了他们的武器，和两个兄弟一起推翻了其父的统治。

二十二　谈狡猾

我认为狡猾是聪明走上了歪门邪道。毋庸置疑，狡猾人和聪明人截然不同，二者的区别不仅在于诚实，还在于能力。有些人打牌时善于投机取巧，但牌技却不精通；有些人结党营私是把好手，其他方面却表现平平。何况，人情练达是一回事，世事洞明是另一回事。很多人善于察言观色，但真正做起事来却表现平庸。那些只知道琢磨人心而很少钻研书籍的人都是如此。这种人只适合收发文牍而不适合出谋划策，他们只能在自家的球槽里才能滚出好球，如果面对新人，他们就黔驴技穷了。所以要判断一个人聪明与否，最好采取亚里斯提卜的那条老规矩："把两个人赤条条地放在陌生人中间，立见分晓。"这种办法对这些狡猾的人没什么用，因为他们就像小商小贩，倒不如亮亮他们店里的货色。

正如耶稣会会士在训令中所教导的那样，和人说话时察言观色，就是狡滑的一种手段，因为很多聪明人心里的秘密往往会显露在脸上。不过在察言观色时最好装出一副恭敬谦逊的样子，就像耶稣会会士做的那样。

狡猾的另一种手段是，当你有要紧的事相求时，用一些俏皮话哄得对方心花怒放，使对方在迷迷糊糊间就答应你的请求。我认识一个枢密院官员兼国务大臣[1]，他每次请英国女王伊丽莎白签署文件时，都要先引女王议论一番国事，这样女王的心思就不在文件上了。

你还可以趁对方忙得不可开交而无法停下来仔细考虑问题时，突然向他抛出问题。

如果一个人想避免一件事被他人巧妙有效地提出来，那他最好装出一副希望它进展顺利的样子，但却自己抢先用一种足以引来否决的方式提出来。

欲言又止，仿佛不知道该说不该说，会大大激起听话人想听到更多消息的欲望。

鉴于事情被问出来要比主动讲出来的可信度更高，因此你不妨摆出一副忧心忡忡的面孔，以诱使别人来询问你为何脸色不对，就像尼希米所做的那样："我从来不在王面前愁眉苦脸。”[2]

遇到难以启齿、令人难堪的事，最好让一个人微言轻的人捅破这件事，然后你再装出好像偶然插话的样子，接上话茬，这样别人就会追问你对此事的看法，纳西索斯就是采用这样的方法向克劳狄讲述梅萨利纳和西利亚斯的婚事的。[3]

对于有些事情，如果一个人不想牵涉其中，不妨假借世人的名义来耍耍滑，你可以说“大家都在传”，或是“外面传言说”。

我认识的一个人写信时，总喜欢把最重要的事写在信尾附言里，就好像那是一件顺便说起的小事。

我认识的另一个人在讲话时，总喜欢把最想说的话留到最后，总是先拉拉杂杂说一大堆废话再谈正事，好像那是一件差点儿忘掉的事情。

有些人特意等到他们想利用的人前来时，装出一副因为某事被撞破而惊慌失措的样子，故意让对方看见自己手里捏着一封信，或是行为反常，目的就是要引诱对方发问，从而让自己说出急于想说的事情。

耍滑还有一种手段，就是自己刻意说出一些话，引诱别人鹦鹉学舌、人云亦云，借此从中获利。我知道伊丽莎白女王时代的两个人，他们都想要坐上国务大臣的位子，但两个人私交不错，遇事常相互商量。其中一个人说，在王权衰落的时代出任大臣麻烦太多，他才不想自讨苦吃；另一个人就捡起这句话，对他的几个朋友讲，在王权衰落的时代，他觉得当大臣没什么好处。第一个说这话的人抓住时机，向女王通报了这件事。女王一听到“王权衰落的时代”就大为恼火，并从此不再听从第二个人的请求。

有一种狡猾，我们英国人叫它“锅里翻饼”，即本来是他对别人说的话，他反而狡辩说是别人对他说的话。说实话，两个人之间的对话，要搞清楚是谁起的头，还真不是件容易的事。

有些人会采用一种办法，就是用否认的方式来自我辩解，从而影射他人，就好像说：“我才不愿干这种事呢。”就像提吉利努斯为布鲁斯辩白说：“他忠心不二，一心要确保皇上的安全。”[4]

有的人装有一肚子的奇闻轶事，无论他们要含沙射影什么，都能找到合适的奇闻轶事来包裹其外，这样不仅有利于保护自己，也使其更容易被人接受和传播。

还有一种狡猾的方法，就是用自己的语言和论点表露想要的回答，因为这样不至于让对方太尴尬。

说来奇怪，有些人在讲他想讲的事之前，先要做很久的铺垫，拐很大的弯，东拉西扯一大堆风马牛不相及的事情，这样做需要很大的耐心，但效果十分好。

在别人没有防备时突然提问，往往使人猝不及防，从而暴露其真实想法。这就像一个改名换姓的人在圣保罗大教堂散步[5]，突然有人在他身后喊他的真名，他就立即回头去看一样。

这类耍滑的小手腕儿真是不计其数，如果能整理一份清单就再好不过了，因为对一个国家最大的危害，就是狡猾人冒充聪明人。

不过，毋庸置疑，有些人知道事情的起始兴衰，却弄不明白其中的缘由。这就像一幢楼房有方便的楼梯和门户，却没有一间舒适的房间。因此，你肯定会发现这种人在作判断时可能会歪打正着，但永远不能明察或辨证问题。然而他们常常因为无能而获利，甚至常常被人看作治国安民的人才。有些人步步高升，不是靠自己的脚踏实地、埋头苦干，而是靠欺骗人，用我们现在的说法就是靠耍滑利用，就如所罗门说的那样："智者之智在于明道，愚者之愚在于欺诈。"

（1612 年作，1625 年重写。）

【注释】

〔1〕可能指弗朗西斯·沃尔辛厄姆（1530？—1590），公元1573年—公元1590年担任伊丽莎白一世的首席秘书，擅长外交和组织间谍搜集情报活动。

〔2〕耶路撒冷被巴比伦毁灭后，犹太领袖尼希米逃往波斯，但他一心想要重建耶路撒冷，就故意在波斯王面前愁眉苦脸，引得波斯王发问，顺势表明自己心意，并如愿归国重建耶路撒冷城。

〔3〕罗马皇帝克劳狄的第三任妻子梅萨利纳钟情于凯亚斯·西利亚斯，并强迫他与自己举行秘密婚礼。担任皇帝秘书的纳尔奇苏斯知道这件事后，说服两名宫女向皇帝通风，然后再向皇帝详呈此事，最终梅萨利纳被处死。

〔4〕提吉利努斯是罗马皇帝尼禄的宠臣、佞臣。布鲁斯，是罗马禁卫军的统帅，曾与塞内加一起担任尼禄的老师，多次劝诫荒淫无道的尼禄，最终被尼禄毒死。

〔5〕在培根所处的时代，圣保罗大教堂是一处供人散步、聊天的公共场合。

二十三　谈利己之道

说到自谋营生，蚂蚁是很聪明的，但当它进入菜圃果园，就变成了一种害虫。与此相同，一个人过于爱惜自己，也会对社会造成危害。所以要理智地区分对待爱己与为公，做到既爱惜自己，也不损害他人的利益，尤其不能损君王和国家的利益。一个人以自我为中心是很糟糕的，就像是地球一样，因为地球就只绕着轴心转动[1]，而与诸天体有亲和力的万物都是围绕另一个天体的中心运行，并且使其获益。如果一个君王凡事都要归结于自我，还说得过去，因为君王代表的不只是自己，而且他们的善恶直接关系到民众的利害。然而，如果君王的臣仆或共和国的公民以自我为中心，就是极大的恶行，因为什么事一过这种人的手，就会被扭曲以适合他的目的，而且他的目的往往与君王与国家的目的背道相驰。因此，君王、国家千万不要让这种习性的人做臣仆，除非有意要借公事还臣仆的人情。更可怕的是，这样做会扰乱纲常。将臣仆的利益置于君王之上完全是本末倒置，而臣仆为谋取小利在办事时违抗君王的大利，就更是大逆不道。而贪官污吏、劣使恶将和其他奸臣赃官就是这样做的，为个人的蝇头小利而偏离正道，破坏了君王的宏图大业，这完全是歪风邪气。在多数情况下，只有那种臣仆一个人获得一点好处，而他为获得那点好处所造成的祸害却等于毁了他主公的幸福。只为了烤熟自己的几个鸡蛋就放火烧房，就是那些极端自私者的本性。然而这些人却总能获得君王的信任，因为他们每天钻研的就是讨好君王，以谋求自己的私利。无论出于何种居心，他都不会顾及君王的利益。

利己的方法各式各样，但都是些旁门左道，是老鼠的门道，因为在房子倒塌时，老鼠能做的就是逃之夭夭；是狐狸的门道，因为狐狸只能强行霸占獾挖掘的窝洞；是鳄鱼的门道，因为鳄鱼在吞噬其他动物时会掉几滴眼泪。然而，需格外小心的是（就像西塞罗笔下的庞培[2]一样），那些“只爱自己的人”往往没有好下场，他们总是牺牲别人来成全自己，以为凭借自己的聪明绑住了命运的翅膀，却最终也成为无常命运的牺牲品。

（1612 年作，1625 年扩充。）

【注释】

〔1〕在培根所处的时代，人们仍相信托勒密的宇宙地心体系说，不相信哥白尼的日心体系说。

〔2〕格涅乌斯·庞培（前106—前48），是古罗马末期著名的军事家和政治家，曾两度任执政官，后被恺撒打败。

二十四　谈革新

动物初生时总是其貌不扬，革新也是如此，因为它们都是时间孕育的新事物。即便这样，和保持荣耀的人相比，第一个光耀门楣的人更值得崇敬。同样，首创（如果是好的）总是要大大好于模仿，因为对于不正的人性来说，恶就如自由落体运动，越往后力量越强；而善却作为一种抛物运动，最初的力量最大。毋庸置疑，每一种药物都是革新，不用新药的人就要面临新病的威胁，因为时间是最伟大的革新家。如果时间让某事物在自然进程中变坏，而智慧和言论又没有将其变好，那结果会怎样？确实，约定俗成的东西即便不够好，但至少还算可行，那些长期共存的东西，似乎在磨合后变得相辅相成。而新生事物却好像方枘圆凿，它们虽因有益而出现，却又因格格不入而制造麻烦，何况它们就像是陌生来客，带来的多是惊奇，少有喜爱。

如果时光静止不动，这种情况不会有什么问题，然而斗转星移，沧海桑田，墨守成规就会像革新一样令人讨厌，那些过于崇古的人就成了新时代的笑谈。

因此，人们在革新时最好向时间学习。时间的革新不可谓不大，但革新的进程却轻柔缓慢，潜移默化于不知不觉之中，否则革新就让人措手不及，心生恐慌。革新有利也有弊，获益者认为是天降喜事，便感谢时运；受害者认为是飞来横祸，便归咎于革新者。如果国家要做实验，一定要在势在必行、好处明显的情况下，而且要特别注意，改革要能带来变化，而不应是假借改革之名来迎合君王的喜新厌旧。最后，虽然不拒绝所有标新立异的做法，但要对其心存质疑，就像《圣经》说的那样："我们应停在路口，察看那些古道旧路，找到最平坦的那条路，沿路前行。"

（1625 年作。）

二十五　谈快捷

做事时可能出现的最大一个危险，就是贪快求捷。就像医生常说的“预先消化”或“快速消化”[1]，肯定会在人体内留下许多消化不了的食物，从而埋下隐秘的病根。因此，判断快捷的标准，不应是占用的时间，而应是事情的发展进度。例如赛跑，决定速度的并不是步幅、抬脚的高度。与此类似，办事快捷的关键，是抓得紧，而不是揽得宽。有些人一心想着快速完工，或者草率地了结手头的事务以博得办事快捷的美名。然而以精简求快是一回事，以省略求快则是另一回事。要知道这样并没有让事务真正了结，反而会导致多次会商处理，事务的进度也总是反反复复、摇摆不定。我认识一个聪明人[2]，他每发现人们求成心切，就会用一句口头禅相劝：“稍安勿躁，这样我们才能让事情快点了结。”

话又说回来，真正的快捷是极难做到的。因为就像金钱是衡量商品的尺度一样，时间就是衡量办事的标准。一个地方不讲快捷，就大大增加了办事的费用。西班牙人和斯巴达人是出了名的不紧不慢，因此有俗话：“希望我的死神来自西班牙。”那样死神就会来得慢一些。

在听取他人向你汇报事务的第一手情报时，你一定要有足够的耐心，宁愿在汇报的开头就作出指示，也不要打断别人的汇报。因为讲话的思路被打乱，讲话的人就不得不竭力回想前面所讲的话，讲话内容就很容易变得杂乱无章、啰里啰嗦，还不如让他顺着自己的路子讲下去。不过，很多时候会议主席都比汇报者更啰里啰嗦，招人厌恶。

说话重复常常浪费时间，但一再强调问题的实质又最能节省时间，因为这样可有效避免一些不必要的闲言碎语。就像长袍拖裙对赛跑不利一样，冗长而玄妙的讲话也对快捷不利。引言、承转、辩白和其他有关个人的言谈都是极度浪费时间的表现。这些话虽然像是自谦之词，其实有浮夸卖弄之嫌。人们在心存成见的时候，绝不要开门见山地表明观点，因为心里的偏见需要一段引子，就像借助热敷能让药膏更好地渗入身体一样。

最重要的，是在事务的安排上做到有条不紊、各司所职和重点突出，这是快捷的核心，只是不要安排得太过简略。

因为未被安排事务的人永远不能抓住事务的关键，而被安排过多事务的人又忙得不可开交。选择恰当的时机也是节省时间；而不合时宜的行动无疑是徒劳无功。凡事都要分 3 步来做：筹备、讨论或考察、执行。如果你要追求快捷，就应让少数人参与筹备和执行的工作，而参与讨论或考察的人则宜多不宜少。要追求快捷，还可事先拟一个议事提纲，即便提纲被全盘推翻，也比漫无头绪的讨论要好，就像灰还是要比土更滋养庄稼一样。

（1612 年作。）

【注释】

〔1〕用模拟人体消化的方法来处理食物，多作为伤病员的饮食。

〔2〕指伊丽莎白女王派往法国宫廷的大使埃米亚斯·波利特爵士。

二十六　谈假聪明

自古以来，人们就有这样的看法：法国人实际上比看上去聪明，西班牙人则看上去比实际聪明。姑且不论两个民族之间的情况，个人之间的情况确实就是这样。就如使徒圣保罗说的那样："有的人的虔敬虚有其表，并未深达内心。"所以世间有这么一些聪明能干的人，如果仔细观察他们的举动，就会发现他们不过是虚张声势、不办实事的人，或是只能花费大力气去办小事的人。

明察之士看到这些鱼质龙文者变的戏法：用某种方法使虚显实、使浅显深、使小显大，只会觉得荒唐可笑，完全可以写一篇讽刺诗文。有些人言行诡秘，好像只能在暗处亮出他的货色，总摆出一副讳莫如深的样子。他们心里也明白自己都不清楚自己要说的事情，于是把话说得模棱两可，在别人面前装出一副心中有数却不能多言的模样。有的人喜欢用表情和手势来显示聪明，就像西塞罗弹劾庇索那样：“你回答问题时，一道眉毛耸到额顶，一道眉毛耷到了下巴，你还敢说你不赞成残忍？”有人认为夸夸其谈、严词厉色可以压服人，便气势汹汹地一直往下说，把漏洞百出的东西也说成天经地义的至理。有的人遇到自己不明白的事物，就会装出一副鄙视至极的样子，或是觉得这不过是不值一提的雕虫小技，根本不当一回事，这样他们的无知反而成了见识。有些人喜欢标新立异，往往以巧言令色来糊弄他人，以避开正题。杰利乌斯评价这种人是“用花言巧语来破坏重大问题的蠢货”〔1〕。柏拉图在《普罗泰戈拉篇》里也嘲讽过这类人的代表普罗迪科斯〔2〕，他让其发表了一番演说，但从头到尾都是奇谈怪论。一般来说，这种人在辩论中总喜欢否定别人，并希冀凭借反对别人的提案、预言困难而获得声望，因为对他们来说，提议一经否定，就等于尘埃落定；而如果提议被采纳，就要进行一番新的运作。可见假聪明真是国家大业的祸根。总言之，日渐衰败的商人和含蓄的乞讨者，都会想方设法支撑一副富有的门面，但这和他们为维护其才干的信誉而玩弄的诸多花招相比，就相形见绌了。

假聪明为了获得声望可以想尽办法，因此大家千万不可任用他们，很明显，你宁可选用一个稍微愚钝的人，也不要选用一个虚有其表之徒。

（1612 年作。）

【注释】

〔1〕此话出自古罗马著名的修辞学家昆体良（35？—96?）的《雄辩术教程》，而不是杰利乌斯（公元2世纪的一位古罗马作家）所说。这部著作既是昆体良约20年教育教学工作的总结，又是古希腊、古罗马教育经验的集大成者。

〔2〕普罗泰戈拉（前490或480—前420或410），是古希腊哲学家、智者派的主要代表人物。普罗迪科斯，是古希腊哲学家苏格拉底的导师、诡辩学派的代表人物，提出了著名的“宗教起源论”。

二十七　谈友谊

“喜欢孤独的人，不是野兽便是神灵。”[1]说出这句话的人，很难再在几个字句中融入更多的真理和谬误了。事实确实如此，因为一个人如果天生对社会就有一种隐秘的仇视和反感，这多少有一点兽性的成分。但如果说这种仇视和反感具有某种神性，就太荒谬了，除非那孤独并非出自仇视，而是希望在隔绝人世的情况下追求一种更高的交流。人们常常在某些异教徒身上看到这种假想出来的表现，如克里特人伊壁门尼德斯、罗马国王努马、西西里人恩培多克勒、蒂亚纳人阿波罗纽斯[2]。这种表现还出现在基督教会的若干古代隐士和长老身上。然而人们却搞不懂孤独的定义和孤独的范围。因为在缺乏爱的地方，成群结队并不等于相交为友，众多的面孔只不过是一条画廊，交谈也无非是铙钹作声。正如那句一语破的的拉丁谚语：“一座都市就是一片荒原。”因为在都市里，朋友们多分散而居，因此多数人很难体验到小镇上街坊邻里才有的那种亲密氛围。然而我不妨说得再直白一点：没有真正的朋友，才是一种纯粹、可悲的孤独，因为没有真正的友谊，世界就不过是一片荒原。即便是在这种荒原上，如果有人天生不愿与人相交，那他更多的是受兽性的影响，而非人性的影响。

宣泄心中积压的喜怒等各种情绪，是友谊的一个主要成效。我们知道沉疴淤积危害身体健康，其实情绪压抑也危害精神健康。你可以用沙土[3]养肝，用铁剂健脾，用硫华舒肺，用海狸香活脑，可能让心舒适的灵丹妙药，只有真正的朋友。对于挚友，你可以像宗教之外的世俗告解一样，倾诉你的忧伤、快乐、恐惧、希望、猜疑、忠告规劝，以及郁积于心的一切情绪。

如果告诉你们伟大的君王多么看重我所说的这种友谊，你们一定会觉得惊讶。他们是那么看重友谊，以致多次为了友谊而无视自己的安全和权威。因为君王与臣民的地位相差太过悬殊，他们难以获得这样的友谊，除非（为了使别人有这种能力）他们把有些人提升到几乎与之平起平坐的地位上，但这样往往会引发大量麻烦。现代语用“宠信”或“私交”称呼这种人，仿佛他们的高升只是因为君王的恩宠或有意亲近，然而罗马人用“分忧之人”来称呼他们，这其实真实反应了这种人的真正用途和起因，因为这就是促成君臣友谊的关键所在。我们发现不仅仅懦弱多情的君王会有这样的举动，自古以来具有雄才大略的统治者也常常与臣仆结交，彼此以朋友相称，使用私交之间交谈的语言。

苏拉掌管罗马时，就把庞培（后来授予他“伟大者”称号）提上高位，以致他能夸口说苏拉也不如他。有一次举荐执行官的人选时，庞培举荐了他的一个朋友，但苏拉并不愿意，就和庞培理论起来，庞培却反唇相讥，叫他免开尊口，因为“崇拜朝阳的人总是要比赞美落日的人多”。[4]

裘力斯·恺撒也将德西马斯·布鲁图达的地位提到了手可遮天的地步，甚至在遗嘱中立他为第二号继承人，仅排在自己的甥孙之后。而此人正是推着恺撒走向毁灭的人。由于一些不祥之兆，尤其是妻子卡尔普妮亚的一个噩梦，恺撒要取消一次元老院会议，此人却搀着恺撒的胳膊，将他从椅子上扶起来，并说他不希望恺撒让元老们失望，不希望等到恺撒的妻子做了好梦再开会。恺撒对他真可谓百依百顺，以致安东尼在一封信里——在西塞罗抨击安东尼的一次演说中曾原原本本地引用过这封信——称他为“巫师”，仿佛他用巫术迷惑住了恺撒。

奥古斯都让出身低贱的阿格里帕[5]登上了万人之上的高位，因此当他就女儿裘利娅的婚事征求米西纳斯[6]的意见时，米西纳斯直截了当地告诉他，他要么选他做女婿，要么杀了他，没有别的路可走，因为他已经让阿格里帕成了能左右大局的人物。

提比略让塞扬努斯[7]的地位直线上升，以致于别人视他俩为密友。提比略写给塞扬努斯的信里说："考虑到我们的友谊，我不愿对你隐瞒这些事。"为了表彰这俩人的亲密友谊，全元老院还特意为友谊建了一座圣坛，就像祭献给女神的圣坛那样。

塞普提缪斯·塞维鲁和普劳蒂亚努斯也有这样的友谊[8]，或者更加亲密无间；因为塞维鲁强迫他的长子娶了普劳蒂亚努斯的女儿，并一再容忍普劳蒂亚努斯对皇子的侮慢，甚至还在写给元老院的信中说："朕深爱此人，愿他比朕长寿。"

那么，如果上述君王他们都是如图拉真[9]或马可·奥勒留[10]那样的君王，人们会认为他们是出于博大善良的天性才那么做；然而上述君王个个都精明能干，极富魄力，作风严厉，且极端自爱，这就清楚地表明他们虽然在地位上已达到了凡人的极致，但仍觉得美中不足，必须要有朋友才能让生活完美。需要说明的是，君王尽管有后妃、王子、侄甥，但天伦之乐不能替代友谊带来的慰藉。

绝不要忘记科明尼斯[11]是如何评价他的第一位主公——

勇敢者查理公爵的。他说公爵不肯向任何人吐露秘密，尤其是不会吐露那些最让他头疼的秘密。接着他又说，到了晚年，公爵这种有苦不言的性格给他造成了不小的损害，甚至可以说毁掉了他的理智。当然科明尼斯如果愿意，他也会用同样的话评价他的第二位主公——路易十一，因为路易十一的一生都遭受着讳莫如深的性格的折磨。毕达哥拉斯的格言虽然晦涩，却一语中的："勿食心。"确实，说得难听点，如果一个人没有朋友可以倾吐心事，那他好比在吞食自己的心。不过有一点让人特别惊讶（我把它作为对友谊的第一个成效的论述的结尾），那就是，向朋友吐诉心事可以产生两种截然相反的效果：要么使欢乐加倍，要么使忧愁减半。因为告诉朋友以欢乐，欢乐的人就增加了；告诉朋友以忧愁，忧愁因为被分担了就有所减少。其实，友谊对心灵的作用，就像炼金术士的炼金石对人体起的作用那样：它在不同的方面可以产生截然相反的效果，但都有益于人体[12]。然而，即便不需借助炼金术士，在平凡的自然现象中也有这种情况：任何物质的聚集都可增强并保持其自然作用，同时也能减弱、缓和任何强烈的外力打压。心灵上的结合也是如此。

如果说培养感情是友谊的第一个成效，那助长理智就是它的第二个成效。从感情的角度来看，友谊可以将狂风暴雨转化为风和日丽；从理智的角度来看，它可以拨开思想的云雾现出焕朗的天光，这不仅仅可理解为一个人获得了朋友的忠告，因为任何一个人在获得忠告以前，如果心烦意乱，只要能与他人探讨，就能让自己的思路豁然开朗；就能更容易地表达自己的想法，更有序地整理自己的思路，并能意识到自己的思想被转变为语言时是什么模样，最终在独立思考时变得更明智。由此可见，探讨一小时要比苦想一整天有效得多。地米斯托克利[13]对波斯王说的话很有见地："语言就像展开的花毯，让花纹一目了然，而思想就像卷起的花毯，将花纹深藏其中。"说到友谊助长理智这第二个成效，不要只局限于那些能给予忠告的朋友（当然最好是这样的朋友)，即便没有这样的朋友，一个人也能听自己说话，吐露自己的思想，就像在石头上磨刀那样砥砺自己的智慧，尽管石头并不能切割物体。总之，一个人宁可对着一座雕像或一幅图画倾诉心事，也好过把所思所想都郁积于心。

现在，为了让友谊的第二个成效表现得更完整一些，我们还要再多说一点大家都心知肚明、不容忽视的事，那就是朋友的忠告。赫拉克利特有句话晦涩难懂但又一语中的："干光永远是最好的。"毋庸置疑，一个人从另一个人的忠告中直接获取的光，要比从自己的理解和判断中获取的光更干、更纯，因为一个人的理解力和判断力总是渗透了自己的感情和习惯。因此，朋友的忠告和自我的规劝有很大的差别，就像朋友的忠言和谄媚者的吹捧一样差距悬殊。因为一个人最喜欢吹捧的人其实是他自己，而朋友的直言就是根治自吹自擂的良方。忠告分为两类：一是针对品格，二是涉及事业。先说前者，朋友的忠告是保持心灵健康的灵丹妙药。一个人严以责己，虽然也是一种药物，但难免用药过猛，副作用太大。读道德修养方面的好书有些枯燥乏味，而且以人为镜检查时常常发现与自己的情况不符，所以最好的药方（我觉得是最有效、最易服用的）就是朋友的规劝。许多人（特别是一些伟人）铸下大错或行事荒唐透顶，就是因为没有朋友规劝，结果毁了自己的名声和运道扫地，这真是叫人吃惊。因为这些人就是圣雅各说的那种人："一个人照着镜子，但转过身就忘了自己的长相。"说到事业，人们或许会以为，两只眼看到的并不会多过一只眼，局内人一定比旁观者看得清，或者认为气急败坏的人跟沉着冷静的人一样明智，或者认为火枪端在手臂上和支在枪架上一样能瞄准。还有一些可笑的异想天开，认为自己就是一切的一切，但这一切都试过后，他才发现只有忠言能帮助事业拨乱反正。此外，如果有人认为他乐意接受忠告，但必须分开听取，即向这个人征求对这件事的意见，向那个人征求对那件事的意见，这也不错（至少比不征求意见好），但这样会出现两个危险：一是他听不到真正的忠告，因为进言者大多包藏私心，只有莫逆之交例外；二是他得到的建议虽是好意，但并不可靠甚至有害，而且是利弊各半，这就像你找医生看病，你认为这个医生能治好你的病，但他却并不了解你的身体情况，结果就可能是他治好了你所患的疾病，但同时又给你的身体造成了损害，就是治好了病，却要了你的命。然而，一个熟知你境况的朋友在给予忠告时，不仅能促进你当前事业，还会提醒你注意如何避开别的麻烦。因此，绝不要听取杂七杂八的建议，它们更多地会使人分心、错乱，很少让人安心，让人获得指引。

友谊除这两种卓越的成效（缓和情绪、助长理智）外，还有一种成效，这种成效就像石榴一样多籽多福，就是说这个成效是在一切活动和事务中的帮助与参与。如果要生动地阐述友谊的多种用途，最好的办法是估算一下，看有多少事情是无须亲自动手的，由此可见，古人所说的“朋友就是另一个自己”，实在是皮毛之言，因为一个朋友远远多过自己。人生苦短，很多人没能达成所愿就一命呜呼了，如安排子女的婚事、完成工作，等等。如果有一位挚友，他就可以安然赴死了，因为身后之事自有人去办了。这样一来，就其心愿方面，这个人就好像又活了一次。一个人有一个身体，而身体又只能局限在一个地方，但如果在别的地方有挚友，那个地方好像也就成为了他的领域，因为他可以依靠他的朋友去办理一切事务。出于脸面上的考虑，一个人有多少事情是不能亲口说，也不能亲手做的！一个人要想显得谦逊，就不能夸耀自己的优点，更不要说对它们大肆赞美了；他也不能低声下气地恳求别人，诸如此类的事还有许多。这些事自己不好意思说，但让朋友说出来却堂而皇之。此外，一个人还必须要讲究身份。对儿子说话，要保持父亲的尊严；对妻子说话，要保持丈夫的派头；对敌人说话，要斟酌地位的对等。而对朋友，则无须讲究身份，该怎么说就怎么说就行。这类的事情实在是太多。为此我曾提出了这样一条规则：如果一个人扮演不好自己的角色，还没有朋友，那他就最好退出舞台。

（1612 年作，1625 年重写。）

【注释】

〔1〕见于古希腊哲学家亚里士多德的《政治学》第 1 章第 1 节。

〔2〕伊壁门尼德斯，是公元前 6 世纪的哲学家和诗人，传说他一睡就是 57 年。努马（前 753—前 673），是罗马王政时期第二任国王，在长达 43 年的统治中没有进行一次战争并充实内政。恩培多克勒（前 490—前 430），是哲学家，预言者，科学家和江湖术士的混合体，传说他跳入埃特纳火山口而死。阿波罗纽斯，是公元 1 世纪的哲学家，传说他具有魔力，尤莉娅·多姆纳试图复活与他名字相关的古代神话和异教崇拜。

〔3〕指一种荆棘，根可入药，据说能治肝病。

〔4〕此话也出自庞培之口，是他在公元前 81 年率军从非洲返回罗马后强迫苏拉为他举行凯旋仪式时所说。

〔5〕阿格里帕（前 63—前 12），是古罗马政治家、将军，也是

皇帝奥古斯都的挚友、女婿和助手，两度出任执政官。

〔6〕米西纳斯（前70—前8），是古罗马政治家、艺术保护人，也是皇帝奥古斯都的挚友和顾问。

〔7〕塞扬努斯（15—31），是古罗马近卫军统帅、执政官，也是皇帝提比略的宠臣，后因篡位阴谋败露被处死。

〔8〕塞维鲁（145—211），是罗马帝国皇帝、塞维鲁王朝开创者，他和近卫军司令普劳蒂亚努斯的友谊因成为姻亲更加巩固，但当普劳蒂亚努斯在204年篡位未遂时，将其处死。

〔9〕图拉真（53—117），是古代罗马帝国安敦尼王朝第二任皇帝，在国内建设和对外扩张方面均有成就。

〔10〕马可·奥勒留（121—180），是古罗马著名的“帝王哲学家”，代表作有《沉思录》，但其热衷禁欲主义和宿命论，对外扩张，对内迫害基督徒。

〔11〕科明尼斯（1447—1511），是法国政治家、历史学家，先后侍奉过勃艮第公爵勇敢者查理、路易十一和查理八世，晚年所著的8卷《回忆录》史料价值极高。

〔12〕传说点金石既能使人延年益寿，又能帮人祛除病痛，前者是增，后者是减，但都有益于身体。

〔13〕地米斯托克利（前527—前460），是古雅典执政官，实行民主改革，扩建海军，大败波斯舰队，但被贵族用陶片放逐法放逐，辗转至波斯，却受到波斯王的善待。

二十八　谈花销

钱就是用来花的，但钱要花在功名和善行上，因而大笔的花销应视事情的大小轻重而定。一个人为了祖国为了天国都能甘愿破产。然而，日常的花销应当量入为出、精打细算，不可铺张浪费，一定要避免被仆人蒙骗，并尽量让事情办得体面，以最少的花销达到最好的效果。

毋庸置疑，如果一个人想保持收支平衡，日常的花销应只占收入的一半；如果他想变得富有，日常的花销就只能占收入的三分之一。大人物亲自清点自己的财产，并不会有损威严。有些人不愿清点财产，不仅仅是疏忽的原因，还可能是害怕万一发现花销过大导致收支失衡，心生烦恼。可是对伤口不管不顾，伤口是不会自己愈合的。那些完全不清点财产的人，在用人上就一定要得当，而且要经常调换位置，因为新手大多胆子小、心眼少。不常清点财产的人对收支一定要作出明确的规定。一个人如果在这个方面的花销太大，就要在另一方面的花销上有所减少。如果他在饮食上的花销大，那在穿着上的花销就要少；如果他为厅堂花得多，那就要节省马厩的花销，如此等等，不胜枚举不一而足。如果事事挥霍浪费，难免会导致家道中落。在清偿债务的时候，急于求成的害处和长期拖欠一样，因为仓促变卖家产还债和借钱背息还债都会产生巨大的亏损。何况一次偿还债务的人容易重蹈覆辙，因为发现自己走出困境就会故态重萌。但如果一点一点偿还债务，他就容易养成节俭的习惯，对精神和财产都有所助益。当然，人要顾全体面，就不可轻视小节，一般来说，在开销上小小的节流要比在营收上小小的开源显得体面一些。对于那些一旦开始就会持续下去的长期开销，在设立之初必须要谨慎思考，但对于那些一次性的开销，不妨大方一点。

（1597 年作，1612 年扩充，1625 年再次扩充。）

二十九　谈国家的真正强大

雅典人地米斯托克利在一句话中过多标榜自己的功劳，因此给人一种居功自傲的印象，但如果把这番话用到别人身上，就是一种严肃睿智的评论了。有人曾在一次宴会上请他弹琴，他说："我不通琴艺，我精通的是把一座小镇变成一座大城。"[1]稍稍引申一下这番话，就可以用来表现为官治国者不同的两种才能。如果仔细审查一番谋士权臣，确实会发现有（尽管很少）能把小国变成大邦但琴技不通的人。另外，人们也会发现有很多人琴艺精湛但却没有变小国为大邦的能耐，反而却有另一种才干——能让一个繁荣昌盛的国家走向衰败凋零。确实，许多谋士、权臣为了赢得主子宠信和百姓敬重而使用的下作伎俩，最多也就算是精通琴技。因为这种东西仅能带给人们片刻的欢愉，让自己出出风头，但对他所效力的国家的繁荣与进步毫无助益。毋庸置疑，有些谋士权臣也算得上是能干的、“称职的”，有理事能力，不至于把国家带入危险之中，但他们却不能让国家强盛、百姓富裕、国运振兴。不过，先不管这些人的办事能力如何，让我们谈谈事情本身，即国家的真正强大和变得强大的方法。这个问题需要英明的君王们时常思考，思考的目的有两个：一个是避免因自不量力而落得个螳臂当车的下场，另一个是避免因妄自菲薄而屈尊听从草鸡之言。

我们可以测量国家疆土的大小，计算财政收入的多少，用户籍册统计人口的多少，用地图标明城镇的数目和大小。然而在国家事务中，正确估计国家的力量却是最难做的事。形容天国，我们没有用任何大的果仁或坚果，而是用一粒芥子，因为它在种子中最小，但却有着迅速生长蔓延的特点及活力。与此类似，有些国家国土广阔，却不能扩张称霸；有些国家则国土狭小，却能长成强大的帝国。

如果民众缺乏英勇尚武的精神，那么城郭、武库、骏马、战车、大象、重炮等，就成了披着狮皮的绵羊。不仅如此，如果士兵贪生怕死，军队数量再庞大也于事无补。因此，就像维吉尔说的那样：“狼从不管羊的多少。”阿尔贝拉平原上的波斯军队如一片茫茫人海，以致于亚历山大军中的将领胆战心惊，便来到亚历山大面前，请求他下令在夜间偷袭，可他却回答说，“我不愿意窃取胜利”，结果便轻而易举地打败了波斯军队。亚美尼亚王提格拉尼斯率领40万的兵马，驻扎在一座小山时，他发现逼近的罗马军队不超过14000人，只觉得好笑，说道："如果来的是使团，人数有些多了；如果来的是军队，人数又有些少了。"结果太阳还没落山，他就发现这支军队足以杀光他们，并因此被追得丢盔弃甲[2]。兵不在多而在勇的例子还有很多，因此人们可以断言，一个国家要想变得强大，最关键的一点就是要有一批英勇善战的民众。有人浅薄地认为，金钱是战争的力量。如果士兵的双臂因民族的萎靡而变得软弱无力，有再多的金钱也没用。克罗伊斯[3]得意地向梭伦[4]炫耀他的金子时，梭伦的话十分精辟："陛下，如果再来一个比你更强大的人，那么这些金子就会是他的了。"所以，每个君王，每个国家，如果他们的军队并非每个战士都骁勇善战，那就必须要清醒地认识自己的真实力量。另外，如果有些君王的臣民都崇尚武风，他们也应确信自己的实力，只要他的臣民没有别的缺陷。说到雇佣军（如果民众柔弱，可利用其补救），所有的先例都已表明，依赖他们的国家君王只能振一时之雄风，但很快就会威风扫地。

犹大和以萨迦的福分永远不会合二为一，所以同一个民族或同一个国家不可能既是幼狮，又是驮驴[5]。一个背负苛捐杂税的民族永远不会成为骁勇善战的民族。但是经国民同意征收的捐税则对民众的勇气挫伤较小，这确实不假，低地国家的国税[6]就是一个很好的例子。在某种程度上，英国的王室特别津贴也证实了这点。不过需要注意的是，我们在这里说的是心力而不是钱财。因此，无论是民众同意的捐税还是政府强加的捐税，从钱财来讲都是来自民众的口袋，但对勇气的影响却大有不同。所以你就能够断定，背负苛捐杂税的民族难以成就霸业。

一个国家要奋发图强，就要注意预防贵族绅士增长过快，因为这会使普通臣民沦为萎靡不振的雇农贱民，实际上却成了贵族绅士的奴仆。就如你培育树苗一样，如果树苗栽种过于密集，那你绝对不会看到一层整整齐齐的灌木林，只能看到一片参差不齐的灌木丛。同理，如果一个国家中的绅士过多，就会显得平民很卑贱，而且你会面临这样的窘境，100 个人中居然都找不出能戴军盔的人，更不用说担当军队中流砥柱的步兵了，结果就会导致人口众多、国力衰弱的局面。英法两国的对比就很好地证实了我说的这种情况：英国的领土、人口都比法国少，却一直是法国最强劲的敌人，就是因为英国的中间阶层都能成为优秀的士兵，而法国的农民却做不到。英王亨利七世在这方面的做法（我在他的传记已说得很详细）可谓深谋远虑，令人钦佩：他为农庄和养殖户制定了一个标准，即为他们留出一定比例的土地，让他们能过上富裕的生活，不致于受人奴役，而且让耕者有其田，而不单单是雇农[7]。如此就真地达到了维吉尔笔下的古代意大利的盛况：一个兵强土肥的国家。

还有一种据我所知几乎是英国特有的情况，也许只能在波兰见到，其他地方都难以见到，但也不容忽视。我指的就是贵族和绅士家中身为自由民的仆从：说到行军打仗，他们绝不会比自耕农差劲。贵族、绅士阶层惯有的气势如虹、热情好客、随从如云，确实会助长尚武精神；与之相反，贵族、绅士阶层如果生活封闭拘谨，就会使得军力贫弱。

无论如何，也要让尼布甲尼撒的王国的树干粗大到能支撑枝杈，这是在借比喻说，一个国家的本族臣民与该国统治的异族臣民的比例要适当。如此，所有能接纳异族人归化的国家都有成为帝国的潜质。据认为，一个小小的民族虽然能凭借至大的勇气和策略获得广阔的国土，但只能维持一时，很快就会土崩瓦解。在异族归化这个问题上，斯巴达人是反对的，因此他们能很好地固守自己的地盘，但想要开疆扩土，就显得枝大干小，最终烟消云散了。在接纳异族归化上，从来没有任何国家像罗马人那样开明，而且做得很恰当，因此变成了当时最大的帝国。他们让异族人获得罗马国籍（他们称之为“公民权”），而且在最大限度上授予他们这种权利，不仅授予他们“贸易权、婚姻权、继承权”，还授予他们“选举权”和“担任公职权”，这些权利的授予对象不仅是个人，还是整个家族、整个城市，甚至是整个国家。再加上罗马人习惯殖民，在异国的土壤上栽种自己的秧苗，糅合双方的法制，你会觉得不是罗马人向全世界扩散，而是全世界向罗马扩散，这才是稳妥的强国之道。有时西班牙也让我们十分惊讶，西班牙本土民族的人那么少，他们为何能拓展那么广阔的疆土？毋庸置疑，西班牙本土是一棵大树，最初的罗马和斯巴达对它也只能望尘莫及；再说，虽然他们没有授予异族人国籍的习惯，但他们的做法也差不了太多，即几乎是一视同仁地雇用各国民众来当兵，有时甚至还让其担任高级将领。不过，从西班牙现在颁布的国事诏书[8]来看，他们如今似乎也意识到了本国人口的匮乏。

毋庸置疑，需要在室内久坐的技艺和精密制作（事关手巧，无关臂力）的性质就与尚武精神截然相反。一般说来，尚武的人大多性情散漫，喜欢冒险，讨厌劳作。如果要保持他们的活力，就不能过多干涉他们的爱好。因此，对于手艺活儿，斯巴达、雅典、罗马等一些古代国家都让奴隶去做，这样好处多多。但基督教法律却基本废除了奴隶制。与其最相近的方法就是让异族人去干这些手艺活儿（异族人因此更易被接纳），而让大多数本族平民局限于 3 种行业：耕种土地；以自由人身份做仆役；做强劳力工匠，如铁匠、泥水匠、木匠之类。职业军人不在此列。

然而，如果一个国家要想成就霸业，最关键的就是要让军事成为国民的主要荣誉、主要教养和主要职业。我们在上文论述的只不过是军事能力，但如果缺乏意向和行动，能力又有什么用呢？据传，罗穆卢斯[9]在给罗马人的遗言中，就告诫他们第一个要重视的就是军事，这样罗马才能成为世界上最大的帝国。斯巴达就是完全根据这个目标组建的国家结构（虽然并不高明）[10]。波斯人和马其顿人也凭此有过一个极其辉煌的阶段。高卢人、日耳曼人、哥特人、撒克逊人、诺曼人或其他民族也曾借此称霸一方。土耳其人直到今天还在坚持，不过已经每况愈下了。在欧洲信奉基督教的国家中，其实只有西班牙成就了霸业。人人都在他最专注的方向得利，这是显而易见的事，无须多说。还有，一个国家在崇尚武力上瞻前顾后，是无法指望强大会主动前来的。话又说回来，那些像罗马人和土耳其人那样在崇尚武力上孜孜不倦的国家屡屡创功建业，也是时代给予的最明确的启示。而那些只在某一时代尚武的国家，不仅能在该时代强大，还能在他们的国力日渐衰微后，保有很长一段时期的威望。

随之产生的问题是，一个国家要发动战争，必须要有法律或习俗提供支持（在道理上要说得通）。因为人的天性中就有一种正义感，如果没有一点特殊的依据和缘由，他们是不会参军作战的（它会导致无穷的灾难）。土耳其人把传播宗教作为开战理由，而且随时都能使用这种理由。罗马人虽然在为帝国开疆拓土后，将其视为他们将领们的荣耀，但他们从不认为它是发动战争的唯一理由。因此，所有谋求强盛的国家首先要具备这样的素养：无论是对边民、商人的侵犯，还是对政治使节的侵犯，你都要非常敏感，且不要无视挑衅太久。他们要像当年的罗马人那样严阵以待，及时出手援助他们的盟邦。罗马人的原则就是：如果罗马的盟邦也与其他国家签订了防御同盟，而该盟邦遭到入侵，分别求助于各个国家，罗马人总是最先抵达，绝不让这份荣耀沦落他国。至于古人出于党同伐异、政体划一的目的而宣战，我觉得毫无正义可言。罗马人的战斗是为了希腊的自由而作战，斯巴达人和雅典人的战斗是为了建立或推倒民主政权和寡头政治，还有外国人宣战是借口正义或保护，要解救遭受专制和压迫的他国臣民，等等。总而言之，哪个国家谋求强大，它就得密切关注任何可以兴兵的正当理由。

无论是人体还是政体，都要经过锻炼才会健康。对一个国家来说，真正锻炼其实就是一场正义和光荣的战争。内部争斗就像是感冒发烧；而对外战争则像锻炼发热，有助于保持身体健康，因为歌舞升平，精神就易萎靡，作风就易堕落。不管战争对国民安康有什么影响，就国家的强大而言，大部分民众尚武还是有好处的。虽说养一支劲旅所耗不菲，但这能让国家有力量发号施令，或者至少震慑邻邦。西班牙的情况是有目共睹的，它拥有一支几乎连续转战欧洲长达 120 年之久的部队。

拥有海上霸权也是帝国的象征。西塞罗在写信给阿蒂克斯时，曾提及庞培对抗恺撒的计划：“庞培认为，谁掌控了海洋，谁就掌控一切，这纯粹是地米斯托克利式的做法。”毋庸置疑，庞培要不是因为过于自负地弃舟登陆，他一定能拖垮恺撒。我们不妨看看海战的成效，亚克兴海战决定了罗马帝国的归属，勒班陀海战扼制住了土耳其的扩张，以海战决胜负的例子实在太多。不过这当然是君王或国家在维护国家安全上过于依赖海战所致。但有一点可以断言：谁获得了制海权，谁就获得了极大的自由，战与不战或战大战小都可任其自由决定。然而，陆上的强国却往往陷入窘境。毋庸置疑，如今的欧洲有着巨大的海上优势（这是大不列颠王国得天独厚的优势）。这一方面是因为欧洲国家多不是完全的内陆国，而是大部分领土临海，另一方面是因为东西印度的财富似乎大部分都归入了海上霸主的囊中。

和赋予军人荣耀光辉的古代战争相比，近代战争似乎黯然失色。如今出于鼓舞士气的目的，也会颁发一些骑士头衔和勋章，但却是不分军人和非军人地乱发一气，还有荣誉纪念册、伤兵医院和与之类似的东西。然而在古代，有在获胜地巍然屹立的胜利纪念柱，有献给烈士的颂词和纪念碑，有奖给个人的花环和花冠，有被各帝国君王借用的大元帅这一称号，有将帅凯旋归来的胜利游行，有军队遣散时的大犒赏，所有这些，都能极大地激发士气。然而，最值得一提的是，罗马人的凯旋式并不是一种炫耀和显摆，而是一种最明智、最崇高的习俗，因为它包含3个含义：赐予将帅荣誉，用战利品充实国库，犒赏军队。然而那种荣誉也许在君主国家并不适用，除非是君王本人或王子们获得荣誉，就像罗马皇帝时代一样，只有罗马皇帝们或皇子们亲自带兵打了胜仗，才会举办凯旋式，如果是部将打了胜仗，就只赐给他们凯旋服饰而已。

总之，就如《圣经》所言，即便殚精竭虑，谁也休想把自己的“身量多加一肘”，但对国家来说，国君和国家却具有让国家广阔强大的能力，因为通过实施上文提到的那些法令、宪章和习俗，就能够在子孙后代和继承人中播下强大的种子，不过这些事情大多被忽视，只能听天由命了。

（1612年作，1625年扩充。）

【注释】

〔1〕参见古希腊作家普鲁塔克（46—120）《希腊罗马名人列传》中《地米斯托克利篇》第2章第3节，地米斯托克（前528—前462），是当时雅典政坛的风云人物，但十分虚荣，特别爱夸耀自己，常在公民大会上表功。

〔2〕此处指“第三次米特拉达悌战争”中的一次战役，战役中的罗马军队统帅是执政官卢库鲁斯（前117—前56）。

〔3〕克罗伊斯（？—前546?），是吕底亚最后一代国王，以财

富甚多闻名。

〔4〕梭伦（前638？—前559？），是古雅典政治家、诗人、希腊七贤之一，曾担任雅典执政官，进行经济和政治改革，史称“梭伦改革”。他访问克罗伊斯的记载大多极富神话色彩。

〔5〕犹太人的祖先雅各临终前，将12个儿子召来，预言他们及后代的命运，预言犹大是只幼小的狮子，而以萨迦则是头负重的驴。

〔6〕指尼德兰联省共和国（三级会议）征收的一种间接税，用于国家和军队的开支，因为当时尼德兰受宗主国西班牙压迫，因此渴望自强的尼德兰民众甘愿承受这项重税。

〔7〕15世纪末，英国由于圈地盛行，大批农民无家可归，社会动荡，于是亨利七世于公元1489年颁发《反圈地条例》，提出退牧还农政策。

〔8〕指的是西班牙国王腓力四世于公元1662年的特诏，授予已婚的西班牙本土民众一些特权，优待有6个及其以上孩子的家庭。

〔9〕罗穆卢斯（约前771—前717），是罗马神话中战神马耳斯第三子、罗马城的创建者和“王政时代”的第一个国王，传说他还没去世就已升天。

〔10〕斯巴达实行双王制，一个国王管理国家事务，另一个国王负责统兵作战。

三十　谈养生之道

医学的规律之外还有养生之道。对一个人最好的保健药品，就是他自己观察，发现什么有益、什么有害；不过更安全的做法是，判定说“这个于我不合适，我就不再用”，而不是说“我发现这对我没什么害处，因此我可以使用”。人在身强力壮时往往肆意妄为，欠下大笔步入老年就要偿还的债。毕竟岁月不饶人，因此要注意年龄的增长，不要老想着勇猛如初。千万不要突然改变饮食，如果非变不可，也要相应改变别的习惯。因为自然和政治都有同一个秘诀：做多种变化比只做一种变化要安全。检查一下你在衣食住行方面的习惯，并逐渐戒除你认为有害的习惯。不过，如果改变让你觉得困扰，你也可以重拾以往的习惯。因为很难区分什么是通行的养生方法，什么是对身体有益的养生方法。益寿延年的一个诀窍，就是在吃饭、睡觉、运动时保持心情愉快、舒畅。谈及思想感情，则千万不要嫉妒、焦虑、闷闷不乐、钻牛角尖、狂喜、忧伤；要满怀希望，心生喜悦但不狂喜，有多种娱乐但从不过分娱乐；要心怀惊羡之情和新奇之感；要勤于思考，多关注像历史、寓言、自然研究这类光辉灿烂的事物。如果你从不用药物维护身体健康，等你需要用药物时，身体就会很不习惯；如果你平时经常服药，当有病时用药就效果不大。我其实提倡人们随季节变换饮食，而不要经常服用药物，除非你已经习惯了用药。因为多样的食物对身体多有补益、少有损害。身体稍有异常，都不要掉以轻心，而要向医生咨询。生病时重在调养；健康时重在锻炼，因为健康时锻炼能使人体有抵抗力，生点小病只需注意饮食，稍加调养就可痊愈。塞尔苏斯[1]认为，一个人要尝试完全相反的生活习惯，但要倾向于更适合自己的那种习惯，不妨同时尝试禁食和饱餐，但以饱食为主；还可以同时尝试熬夜和睡眠，但以睡眠为主；还可以同时尝试静坐与运动，但以运动为主；这类的习惯还有很多。他认为这是健康长寿的一大秘诀，如果他不兼有哲学家的身份，只从一个医生的角度来讲，他绝不会说出这番话的。这样做不仅对维护生理有益，还能增强体力。有些医生过于迁就病人的脾气，以至于不能及时治疗病人的疾病；有些医生则过分遵循医理，不太关注病人的情绪。还是应请一位能同时关注医理和情绪的医生，但如果找不到这样的医生，那就各请一位，综合来用。但要切记：既要请医术精湛的名医，也要请熟悉你身体状况的医生。

（1597年作，1612年扩充，1625年再次扩充。）

【注释】

〔1〕塞尔苏斯（前10—?），是古罗马医学家、罗马百科全书编纂者，存世的著作仅有《医学篇》。

三十一　谈猜疑

猜疑就如蝙蝠，总在黄昏时出现。其实，猜疑应被消除，至少应加以抑制，因为它会蒙蔽心智，破坏友谊，干扰事务的顺利进行。猜疑助长君王的暴虐和丈夫的嫉妒，带给智者优柔寡断、郁郁寡欢。猜疑与心无关，是脑的问题，即使性格最强悍的人也不能幸免，如英王亨利七世，他不仅有最强悍的性格，也有猜疑的毛病。但猜疑并不会对这样的人造成多大的危害，因为他们即便心存猜疑，也会详细考察一番，以判定自己的猜疑是否有理有据。然而当遇到胆小怕事的人，猜疑一旦滋生就不可遏止。

因为孤陋寡闻最容易滋生猜疑，所以根治猜疑的方法就是博闻广见，千万不要任它闷在心里。人们为何要猜疑呢？他们难道以为自己雇用、交往的人都是圣人？他们难道以为这些人都能舍己为人、不谋私利？可见，减轻猜疑的最好办法，就是坚信它是真的，并做好最坏的打算，或是坚信它是假的，并抱有最好的希望。因为一个人对猜疑会有所防备，即便他的猜疑是真的，也不会对他有所伤害。头脑里自然滋生的猜疑不过是蚊蝇的嗡嗡之声，但流言蜚语刻意加工、放大的猜疑却带有毒刺。毋庸置疑，消除猜疑最好的办法，就是和你怀疑的对象开诚布公地谈一谈，这样不仅有助于你了解真相，也让对方在行事上更小心谨慎，以免落人口实。不过，这种办法对付卑鄙小人是行不通的，因为他们一旦发现自己被人猜疑，就永远不会信任别人。意大利人说："猜疑是信任的放行证。"好像猜疑真是信任离去时的放行证似的；其实猜疑应激发信任以证明自身的清白。

（1625 年作。）

三十二　谈话语

有些人说话时总是想表现得能言善辩，以博得机敏的美名，却不愿以洞察真伪赢得明断的盛誉，好像知道该说什么比知道该思考什么更值得称道。有些人善于老生常谈，翻来覆去总是那一套，这种贫乏大多单调乏味，一经察觉就变得荒唐可笑。

善于言谈之人最可贵的一点就是挑起话头，并能掌控场面、转换话题，如此才能掌控谈话。谈话时要张弛有道，讲时事要结合论证，夹叙夹议，既提问又答疑，亦庄亦谐，因为任何一种腔调持续得太久，都会让人觉得枯燥无味。

关于谐谑，应规避几件事情：宗教、国事、伟人、任何人的当务之急、任何应当怜悯的事情。不过，有人觉得在言辞上不犀利刻薄，就不足以显示他们的聪明机智，应制止这种倾向。

小伙子，请少用鞭子，紧拉缰绳。

而且，一般说来，听话人能辨别尖酸与刻薄。毋庸置疑，喜欢冷嘲热讽的人虽然让别人害怕他的机智，但他也需要担心别人记仇。

多问才能多学，而且能赢得他人的欢心，尤其是当他的问题针对的是对方的专长时，效果更为明显，因为这样他不仅给了别人说话的乐趣，也为自己积累了大量知识。但提的问题不要太难，因为只有盘问者才会那样干。他还一定要注意给别人说话的机会，但如果有人滔滔不绝，他还要设法转移话题，以便让其他人也能加入谈话，就如当年乐师对付“加恋舞”迷的做法。

别人觉得你懂得的事情，你偶尔佯装不懂，那么以后遇上你确实不懂的事情，别人也觉得你懂。

谈话时要少提及自己，提及时也要言辞谨慎。我认识一个说话总是带刺的人，曾说：“他这么爱谈他自己，一定是个聪明人。”一个人要想体面地夸耀自己，只有在他赞扬别人的长处，而他自己也确实拥有那种长处的时候。谈话时应避免针对某个人，因为谈话应当海阔天空，而不是直奔任何人的家门。我认识两个英格兰西部的贵族，其中一个爱冷嘲热讽，却又喜欢在家里大摆筵席，另一个便问曾前往赴宴的食客：“请实话实说，他有没有对谁冷嘲热讽？”食客回答说这样的事情经常发生。问话的那个就说：“我早料到他会糟蹋那一桌美筵。”

雄辩不如慎言。交谈时，与其说得天花乱坠，不如谈得投机。论述滔滔不绝，却不善酬答，则显得乏味。对答如流却不能长篇大论，又显得浅薄。我们在动物身上看到，不善奔跑的总是善于辗转腾挪，就如猎狗和野兔之间的差别。切入正题前铺垫太多，只能惹人厌烦；一点铺垫也没有，又显得生硬唐突。

（1597 年作，1612 年扩充，1625 年再次扩充。）

三十三 谈殖民地

殖民地是先祖英烈的一种成就。世界年轻时，生育了众多子女，可它如今年迈体衰，生育的子女也就少了。我不妨将新开拓的殖民地视为旧有国家的孩子。

我喜欢在处女地上建起的殖民地，因为不必为了殖入自己的东西而根除原有的东西。否则，那就成了屠杀，而不是殖民。

建殖民地就像培植树木，你必须先投资 20 年，才能最终获利。大多数殖民地之所以功败垂成，主要是因为急功近利。当然，在最初几年里就获利也并不是不行，只要牢记一个底线，即有利于殖民地的发展。

把社会渣滓和罪犯歹徒遣送至殖民地，无疑是可耻可恶的做法，还会极大地阻碍殖民地的发展。因为这种人会继续为祸人间，整天游手好闲，惹是生非，并且很快就心生怨愤，开始向故国捎话带信，诋毁殖民地的名声。适合派往殖民地的人，应当是园丁、农民、工人、铁匠、木匠、渔夫、猎手，以及少量的医生、药剂师、厨师和面包师。

初到殖民地，首先要考察当地出产哪些食物，如栗子、胡桃、菠萝、橄榄、椰枣、梅子、樱桃、野蜂蜜之类，并加以利用；其次要考察哪种作物生长快，一年之内就能收获，如萝卜、胡萝卜、芜菁、洋葱、小萝卜、洋姜、玉米之类。至于小麦、大麦、燕麦，种植起来太麻烦，不如先种种豌豆、大豆，这两种作物种植简单，既能当主食，也能当副食。至于稻子，也是一种产量很高且能当副食的作物。最重要的是，一开始就要运去大量的饼干、燕麦片、面粉、玉米粉这些食物，直到当地能做出面包为止。提到家畜家禽，首先主要带那些繁殖快速、抗病力强的，如猪、山羊、鸡、火鸡、鹅、家鸽，等等。殖民地最初的食物消费应类似一座围城中的食物消费，即定量分配食物。要将园圃、农田出产的食物作为公共财产先行储存，然后按比例分配，当然私人自行开垦的零星荒地不计算在内。

此外，还要考察殖民地适合种植哪种经济作物，以便减少殖民地的开销，但前提是它不能像上文提到的那样急功近利，弗吉尼亚的烟草种植就是例子。殖民地一般林木众多，因此木材可算作一种经济产品。要是森林茂密处有铁矿石和适用建厂的河流，炼铁也可算是一项经济产业。如果气候允许，可以尝试晒盐。要是有木棉，那也是一项前景远大的产业。松杉茂密的地方绝不会缺少树脂、焦油。同样，药材和香木也是赚大钱的保证。制皂草木灰和其他物产也可以开发，但不要过多地在地下折腾，因为矿产的前景黯淡，常常使殖民者懒于干其他事情。

说到管理，最好由一人掌握大权，再有几个顾问协助，让其掌握有限实施军事管制的权力。最要紧的是，让人们觉得虽然身居荒野，但仍是为上帝服务，上帝及上帝的优待仍时刻会降临。管理殖民地时，不要依赖殖民国过多的顾问或承办人，要限制这些人的数量，而且要选用贵族和绅士，不要选用商人，因为商人总是更重视眼前的利益。殖民地巩固前不应征收关税，还要让他们将当地物产出售到最有利可图的地方，当然特殊情况不得不谨慎从事除外。

为避免殖民地人满为患，千万不要向殖民地源源不断地送人，而应当根据当地的耗损情况适度补充。殖民地的人数应能让当地民众安居乐业，而不能因人口过多导致生活贫困。

有些国家选在海滨河岸的沼泽地建立移民区，这极大地危害了移民的身体健康，虽然选在临海的地方可减少运输和其他方面的困难，但从长远来看，还是建在远离河海的高地为宜，而不要沿河修建。同样为了移民的健康，就要储备大量的食盐，以便必要时可将食品腌制保存。

如果殖民地有土著居住，最好不要用一些花里胡哨的小玩意儿去讨好他们，而要在严加防范的基础上公平友好地对待他们，不要帮助他们侵犯他们的敌人，但可以在他们遭受袭击时给予帮助。还可以时常选送一些土著到殖民国去，让他们亲眼目睹比他们更优越的生活环境，以便回去大力宣扬。

殖民地巩固以后，不仅可以有男移民，也应有女移民，让移民自行繁衍生息，就不需要用外来人口补充了。

一旦建立了殖民地，将它抛弃就罪大恶极，因为这样不仅有损一个国家的脸面，还会危及许多移民的安危。

（1625 年作。）

三十四　谈财富

我认为用“德行的包袱”来比喻财富，是最恰当的了。罗马人的用词更妙，“impedimenta”。因为财富之于德行，就像辎重之于军队。辎重必不可少，也不容滞后，但它确实妨碍行军，有时甚至为了照顾辎重，而延误战机，与胜利失之交臂。

巨大的财富如果不是用来布施，其实并没有多大的用处，不过是满足幻想罢了。因而所罗门说：“有多少财富，就有多少消费财富的人，财主有何好处呢？不过是一饱眼福罢了。”一个富可敌国的人是无法享有真正的喜悦的，他有财富的保管权，有财富的施舍捐赠权，他可凭此扬名海外，但对他本人而言，并没有实际的用处。你难道没有看见有人对小石子和稀罕之物漫天要价吗？难道你没有看见有人为了用上巨额财富而铺张浪费吗？不过你会说财富可替人消灾除难；就像所罗门说的那样："在富人心里，财富就是他的城堡。"这话一语道破，只说"心里"，事实上并非如此。因为不可否认，因巨额财富遭难的人多，享福的人少。

不要追求耀眼的财富，而是去追求你取之有道、用之有度、施之有乐、遗之有慰的那种财富，但也不要一概像苦行僧那样鄙视财富，而要区别对待。西塞罗曾精辟地评价拉比里厄斯·波斯图玛斯："他集聚财富，显然不是心存贪婪，而是为了拥有行善的资本。"再听听所罗门的话，不要急于发财致富："急于发财的人都将遭受惩罚。"诗人们虚构说，财神普卢塔斯受朱庇特差遣时，总是磨磨蹭蹭；但受普路托差遣时，却健步如飞。这个故事的意思是，靠脚踏实地的劳动发财致富是很慢的，但靠别人的死亡（如通过继承、遗嘱等渠道）发财致富则轻而易举。如果把普路托看作魔鬼，这个寓意也十分恰当：如果财富来自魔鬼（如欺诈、压迫等不正当手段)，就快如闪电。

俗话说生财有道，可大多是歪门邪道。一毛不拔算最清白的，但也不是无可非议，因为它阻止人们乐善好施。耕种土地是最合理的致富之道，因为它是大地母亲的恩赐之物，但就是速度太慢。不过，要是家财万贯者肯屈尊躬身从事畜牧业，财源就会滚滚而来。我认识一个英国贵族，他是全国最有钱的人，拥有大片的牧场、羊群、林地、煤矿、田地、铅矿、铁矿，以及许多诸如此类的产业，所以土地对他来说，就像一片财源滚滚而来且永不枯竭的海洋。有人说得很对：大财易得，小财难发。因为一个人如果资本雄厚到可以囤积居奇，雄霸一方，而且可以合伙经营年轻一代的产业，那他就非发大财不可。

普通的买卖和职业挣的都是老实钱，且有两条途径：一是勤奋，二是童叟无欺。但做生意赚钱还有可疑之处，如乘人之危漫天要价，指使仆人和其他人当托儿诱人上钩，耍手腕抢夺别人的好买主，以及诸如此类的卑劣狡诈的伎俩。至于有人狠杀价格以低价获取，目的不是拥有，而是转手倒卖，这样既在买主身上榨取了利润，又在卖主身上榨取了利润。合伙经营时如果选对伙伴，就能赚得盆满钵满。高利贷是最稳妥的生钱之道，不过也是最糟糕的生钱之道，因为这种人靠压榨别人的血汗为生，而且连礼拜日也不休息。放高利贷虽然稳妥，但也有风险，因为职员、掮客为了谋取好处，会千方百计借钱给很不靠谱的人。

如有幸率先获得一项发明或专利，有时也能大发横财，如加那利群岛上的第一个糖业老板。因此，如果一个人能成为真正的逻辑学家，既能搞发明，又善于判断，那他就可以大展身手了，尤其是在生逢其时的情况下。一个人只依赖固定收入是很难发大财的，干孤注一掷的冒险买卖又往往会倾家荡产。因此冒险的前提最好是有固定的收入保证，万一失败，还有条退路。如果没有法律限制，垄断和专卖也能迅速积累财富，如果经营者能预先知道什么东西会供不应求，便囤积居奇更是如此。

出仕得来的财富，即便是在王公贵族手下供职，如果是凭借阿谀奉承和奴颜婢膝获得的，也算是不义之财。至于摄取遗嘱和遗嘱执行权（就像塔西佗评价塞内加："他用猎网困住了遗嘱和无子嗣的人。"），则更加卑劣，因为前者讨好的人是王公贵族，后者讨好的人则是卑鄙小人。

不要过于信任那些表面鄙薄财富的人，他们之所以鄙薄，是因为他们没有能力发财；一旦他们发了财，还是与常人无异。

别在小钱上精打细算，须知钱财长有翅膀，有时候会自行飞走，而有时候必须让它飞走，以引来更多的钱财。

人们一般把财富遗留给子嗣或公众，但无论留给谁，适度最好。给年幼且缺乏见识的子嗣留下万贯家产，无异于抛给他一块肥肉，必将引得各种猛禽前来抢夺。同样，为博取虚名的遗赠和基金就好比是没加盐的祭牲，只不过是用金粉粉刷坟墓，里面很快就会腐烂。因此，不要将数量作为捐赠的标准，而要以用处作为捐赠的标准。也不要把捐赠拖到弥留之际，因为只要一个人稍一细想，就会发现，这样无疑是慷他人之慨。

（1612 年作，1625 年大幅扩充。）

三十五　谈预言

我要谈的不是神的预告，不是异教徒的谶语，也不是大自然的征兆，而仅仅是历史事实已有所验证但又难以言喻的那种预言。女巫对扫罗说："明日你和你的儿子都将和我在一起。"[1]维吉尔曾引用了荷马的一些诗句：

> 在那里，埃涅阿斯这一族，他儿子的儿子，子子孙孙，将会统治整个全世界。

这好像在预言罗马帝国的命运。

悲剧作家塞内加曾在诗中这样写道：

> 在遥远的未来的某一天，
> 海洋将解开束缚世界的绳索，
> 一片辽阔的大陆将为人所知，

崭新的世界将被航海家发现，

地球的极限将不再只是图勒[2]。

这似乎在预言美洲将被发现。

在波利克拉特斯的女儿的梦中，她的父亲由朱庇特服侍洗浴，由阿波罗服侍涂油，后来他果然被钉在露天的十字架上，被太阳晒得汗流浃背，被雨水肆意冲刷[3]。在马其顿王腓力二世的梦中，他封闭了妻子的肚子，他自己理解为他的妻子将不能生育，但预言家阿里斯坦德却说，他妻子已怀有身孕，因为人们一般不会封闭空的容器。在布鲁图的帐篷里，一个鬼魂对他说道："你我将在菲利皮再次相会。"[4]提比略对加尔巴说："加尔巴，你也能尝到当皇帝的滋味。"在韦斯巴芗时代，东方流传着一种预言，说来自犹迪亚[5]的人将是世界的统治者。尽管这个预言像是在说我们的救世主，但塔西佗认为他指的是韦斯巴芗。图密善在遇刺前一天的夜里，梦见他的脖子上长出了一颗金脑袋，他的继承者果然创造了持续多年的黄金时代[6]。年幼的亨利七世为英王亨利六世端水时，亨利六世就曾说："这小子终将戴上我们争夺的那顶王冠。"我在法国时，曾听一个叫佩纳的医生说，王太后[7]笃信占星术，她曾用丈夫的生辰去占卜，但给予的名字是假的，而占卜师预言该人将死于决斗，王后闻言大笑，认为没有人胆敢和她的丈夫决斗。但他后来确实死于一次马上比武，因为他的对手蒙哥马利枪柄上的裂片刺入了他的面罩。我年幼时，也就是伊丽莎白女王风华正茂之时，有一个预言广为传颂：

麻一旦纺成线，英格兰就完蛋。

当时的人们普遍认为一旦名字的首字母顺序组成 hempe 一词的君王们（即 Henry，Edward，Mary，Philip 和 Elizabeth）统治结束，英格兰就会陷入大乱；感谢上帝，这个预言只在国号改变上得到了验证，因为如今的王号不再是“英格兰王”，而是“不列颠王”了。

1588 年以前还曾流行一个预言，我至今仍搞不明白：

有朝一日你将看到，

在巴礁和梅岛之间，

挪威的黑舰队出现。

只要等这事一结束，

英国就会大兴土木，

因为战争再不会有。

人们普遍认为它指的是 1588 年来犯的西班牙舰队，因为传说挪威就是西班牙国王的小名。

君山先生[8]也曾预言：

八八年是一个奇迹年。

人们也认为这是在预言那支庞大舰队的出击，尽管它不是有史以来海上数量最多却是力量最强的舰队。至于克里昂[9]的梦，我觉得那是别人和他开的玩笑：他梦见他被一条长龙吞噬了，别人告诉他所谓龙指的是那个曾带给他很多麻烦的腊肠师傅。诸如之类的东西实在太多，要是你再算上梦和占星学的预卜，那更是不计其数，我只是记下几个较为可信的预言作为例子罢了。

在我看来，这些东西都不值一提，最多也就是围炉夜话时的边角料。我觉得不值一提，只是说不可相信，绝对不能对它们的散布、刊印不以为然，因为它的危害极大。我看到国家已经出台了严厉的法规来制止它们[10]。

这些东西之所以能迷惑人，有3个原因：首先，人们只看到应验的，而从不在意落空的，梦的情况大多如此。其次，预言其实多是可能性较大的推测或者含糊不清的传说，而人们天生就喜欢预测未来，所以预先讲出人们推测的东西，并无任何妨害，塞内加的那首诗就是例子。因为当时有很多证据表明，地球在大西洋那边还有一片区域，而且很可能不是汪洋，再加上柏拉图在《蒂迈欧篇》和《亚特兰蒂斯篇》中对大西岛的描述，也帮助人们把它变为预言。最后，也是最重要的，就是绝大多数的预言都是无稽之谈，而且都是无聊狡猾之徒在事后精心编造的谎言。

（1625年作。）

【注释】

〔1〕此处有误，这句话并非女巫所说，而是女巫招来的撒母耳的幽灵所说。

〔2〕指冰岛、格陵兰一带，泛指极北地区。

〔3〕波利克拉特斯，是公元前6世纪希腊萨摩斯岛的僭主，因在爱琴海上从事海盗活动而臭名昭著，后在公元前522年被萨迪斯总督奥里特斯诱擒，并钉死在十字架上。在他出访前，他女儿做了一个不祥的梦，因此恳求他不要出访，但他没有听从女儿的劝告。

〔4〕布鲁图参与了刺杀恺撒，但每晚被恺撒的鬼魂骚扰，最后于公元前42年在菲利皮兵败身亡。

〔5〕指巴勒斯坦南部地区。

〔6〕指公元96年—公元192年的罗马帝国安敦尼王朝统治时期的“太平盛世”。

〔7〕指美第奇的卡特琳（1519—1589），是法兰西国王亨利二世的王后，曾担任摄政王（1560—1574）。

〔8〕指德国著名天文学家、数学家约翰·缪勒（1436—1476），早在公元1472年就发现了被后世称为“哈雷”的那颗彗星，著有《预言》一书。

〔9〕克里昂（？—前442），是雅典政治领袖、统帅，在古希腊戏剧家阿里斯托芬的喜剧《骑士》中被一个腊肠师傅讽刺和羞辱。

〔10〕亨利八世、爱德华六世和伊丽莎白女王在位时都曾颁布一些反对“荒诞不经的预言”的法律，因为它们不仅扰乱民心，而且导致动乱。

三十六　谈野心

野心如同体液中的胆汁，其分泌不受阻碍时，能使人积极、认真、敏捷、活跃。但一旦分泌受阻，无法自由流动，就会导致胆汁瘀滞、肝气郁结，从而让人变得脾气暴躁、胆大妄为。野心勃勃的人就是如此，如果他们发现自己仕途坦荡且有步步高升的希望，那就非但不会变得危险，而且会总是甘于忙碌。但如果他们不能得偿所愿，就会心生不满，总是恶毒地对待人和事，幸灾乐祸，这不管出现在君王或是臣仆身上，都是最恶劣的品质。因此君王如果任用野心勃勃的人做事，就必须让他一直升迁而不能贬谪。但这样还是有很多麻烦，因此最好还是弃用这种人，因为他们如果升了官但对政务并无贡献，一旦贬了职，就会千方百计破坏政务。

但既然我们说的是“最好是弃用”，那就说明还有任用这种野心家的例子，那我们不妨谈谈这种人在哪些情况下非用不可。战争中必须任用良将，不管他们有多么野心勃勃，因为起用他们的好处足以弥补其他坏处，而且野心之于军人就如鞭策之于战马。在君王深陷危机或遭人嫉妒时，也能让野心家充当挡箭牌，因为谁也不愿意充当这种角色，只有他们会像眼瞎的鸽子一样，因为看不见周围的情况而扑腾乱飞。君王还可以利用野心家来打击权高盖主的人，就像提比略利用马克罗去除掉塞扬努斯那样。

既然在上述几种情况下必须起用野心家，那我们就谈谈该如何驾驭这种人，以使他们的危险性降到最低。就其危险性而言，出身高贵者大于出身微贱者；生性严酷者不如宽厚随和者；新提拔者不如权势巩固者。有人觉得君王不该培养心腹亲信，不过这其实是打击野心家的一个妙方，因为君王的心腹亲信掌握了权势的晋升之道，就避免了其他人掌控过大的权势。还有一种约束他们的办法，就是让另一些野心家与之抗衡，但必须有能稳定局势的不偏不倚的谋臣，因为如果船只缺了压舱物，就会颠簸得太厉害，君王还可以试着鼓动培养一些出身低贱的人与之作对，就算不能打败野心家，至少也能让他们有所收敛。不过，如果野心家实在是强悍大胆，这种做法可能会适得其反，加速他们的图谋。至于说铲除他们，如果情势需要，但一时又没有万全之策，最好的办法就是恩威并用，软硬兼施，让他们因为猜不透形势而不敢轻举妄动。谈到野心的危害，在大事上好胜远不如事事都要逞强，因为后者会扰乱公务；但和想一呼百应的野心相比，这种扰乱公务的野心则又相形见绌。想要在如林的高手中处处拔尖，实在太难，不过这倒是有益于公众，不过企图鹤立鸡群的野心家则会败坏整个时代。

谋求高官厚爵的动机有 3 种：一是，想尽忠报国；二是，想攀龙附凤；三是，想发财致富。怀着第一种动机的人才是良臣，而能判断区分这三种动机的君王就是明君。一般说来，君王和政府在选拔官员时，必须甄别好事之情与拳拳之心，选择有高度责任感的人，而不是一心想大富大贵的人；应选择将敬业精神放在心上的人，而不是将其挂在嘴上的人。

马克罗是提比略皇帝的宠信，皇帝对塞扬努斯生厌后，命马克罗逮捕并处死塞扬努斯，并事先给禁卫军一大笔赏金，但马克罗的亲属也于公元 37 年遭到同样的下场。

（1612 年作，1625 年扩充。）

三十七　谈假面剧与演武会

在那么严肃的议论中插进这种话题，不过是消遣寻乐，但既然君王们热衷于此，那就最好在内容上弄得优雅一点，而不要只是在场面上穷奢极欲。

载歌载舞这项活动集壮丽与欢乐于一体。在我看来，要让一支合唱队立于高处，用分部音乐伴奏，曲调必须对应舞步。边唱边表演，尤其是在对唱时，会有一种极优美的观感。我说的是“表演”，不是“跳舞”（因为跳舞太俗气）。对唱时，声音要雄浑激昂（低音和高音即可，不要用最高音），歌词要崇高悲壮，不宜纤巧绮丽。几个合唱队分部轮唱，像唱圣歌那样，效果宛如天籁。让舞蹈队伍排出字母或数字，不过是一种幼稚的猎奇行为。总之，我这里说的东西都是为了赏心悦目，而不是博人眼球。

毋庸置疑，布景变换如能做到悄无声息，的确能增加美感与乐趣，这样能避免眼睛因总看同一个东西而感到疲劳，心不会觉得乏味。布景周围应安排烛光，尤其是要安排五颜六色且变化多端的烛光。演员上台前，应先在布景的明亮处做几个动作，这样特别能吸引众人的目光，能使人更想看清那些朦胧隐约的场面。歌声应该嘹亮欢畅，不能轻柔哀伤；音乐要轻快激越，而且要起止得当。白色、粉红色和一种海水绿，这些颜色在烛光下的效果最好。金箔银片尽显璀璨，而且价格低廉；而富丽堂皇的刺绣却显不出精致华美。演员的服装要优美，即便脱去面具也要合体，不要穿常见的土耳其装、军装、水手装等款式。作为引子的节目不宜过长，大多以傻子、人羊怪、狒狒、野人、小丑、野兽、鬼怪、巫婆、黑人、侏儒、土耳其矮子、山林仙女、乡巴佬、小爱神和活动雕像等，作为出场的角色。至于天使，则不适合放进滑稽的引子里，同样，凶恶的东西，如魔鬼、巨人之类也不适合放入正剧里。但有一点很关键，就是引子的音乐要充满娱乐感，而且要风格变化。如果能让热气腾腾的人群突然感觉香风阵阵，却又没有一丝雨滴落下，那真是让人神清气爽。让男女表演双重假面剧，就让场面更加盛大隆重、多彩多姿，但如果场地不整洁，一切都是白搭。

至于各式各样的马上比武、隔栅打斗，其壮观之处主要在于挑战者入场时乘坐的战车，尤其是由狮子、熊罴、骆驼等奇兽拉车时；或在于入场式的精心设计，或在于随从服饰的绚丽，或在于马匹和盔甲的装饰。这种娱乐题材就谈这么多吧。

（1625 年作。）

三十八　谈人的天性

天性往往隐而不露，有时可以压制它，但很难改变它。强行压制会刺激天性的逆反，纪律和教育能让天性有所收敛，只有习惯才能真正改变、抑制天性。

人要想改变天性，就不能给自己规定太大的任务，也不能规定太小的任务。因为太大易遭失败，让人气馁；而过小又因唾手可得而进步甚微。刚开始时，最好借助一些外力，就像学游泳的人借助气囊或苇筏一样。初见成效后，就要置身于不利的条件下，就像学舞蹈的人穿上厚底鞋练习那样，如果练习的难度大于日常运用，就会熟能生巧，习以为常。

如果天性顽强，难以改变，那要循序渐进：首先，练习及时克制天性，就像有人一动怒就背诵24个字母那样；其次，减少天性出现的次数，就像戒酒时从开怀畅饮到一餐小酌；

最后，完全改变天性。不过一个人要是有足够的决心和毅力，做到一次尝试就成功，那就最好不过了：毕竟“谁能挣脱束缚心灵的锁链，一劳永逸地免除疼痛，谁就是心灵最好的解放者”。

古话说得好：矫枉不妨过正，就是说用相反的习惯来矫正痼习，往往能收到很好的效果，但那相反的习惯必须不是恶习才行。

一个人不要强迫自己一鼓作气地培养一种习惯，而应当有所间断，因为：一是，稍微停顿一下以积聚力量再创佳绩；二是，如果他的做法并非完全正确，那他在一鼓作气的过程中就不仅锻炼了自己的能力，也加剧了自己的错误。因此养成一种好坏兼具的习惯，如果不做适时的间歇，就无法收拾这种局面。

然而一个人也不要对自己改变天性的能力太有自信，因为天性会长期潜伏，一逮着机会，一遇到刺激，就会死灰复燃，就像《伊索寓言》中那位猫变的姑娘，虽然能安静地坐在餐桌边，但只要老鼠一从她眼前跑过，她就原形毕露。因此一个人要么完全避开诱发天性的机会，要么天天接触它，以便自己能司空见惯，不以为然。

最容易诱发一个人的天性的情况有 3 种：一是私下独处

时，因为无须装模作样；二是感情冲动时，因为情绪一上来就忘乎所以；三是遇到新考验时，因为习惯突然失效了。

天性与职业十分契合的人是幸运儿。相反，当人们做着自己不喜欢的事情时，只能哀叹："长期以来，我的灵魂都在寄人篱下。"在学习上，一个人要强迫自己学与其天性不符的东西，必须在时间上有所规定；但如果他学习符合自己天性的东西，就无须有规定的时间，因为他会心心念念，只要不占用别的事情或学习剩余的时间。

人的天性既长芳草也长杂草，因此要适时浇灌芳草，铲除杂草。

（1612年作，1625年扩充。）

三十九　谈习惯与教育

人们的思想大多取决于性格的倾向，人们的言论取决于学识和主张，但人们的行为却取决于习惯。所以马基雅维利犀利地指出（尽管说的是一件丑恶的事情）：无论性格多么强悍，言词多么巧妙，若没有习惯作为支撑，都是徒劳。他所说的是指，想要成功刺杀君王，绝不能单凭任何人的凶猛天性或果断承诺，而要选用一个双手早已沾满鲜血的人。但马基雅维利不知道会有修士克莱门，不知道会有拉瓦亚克，也不知道会有若雷吉，更不知道会有巴尔塔萨·赫拉德[1]。不过他的法则仍然适用，因为天性或者语言承诺在力量上确实都不如习惯。只是今天迷信盛行，以致从未闻过血腥味的初犯也和职业杀手一样心狠手辣。在暗杀行刺上，盟誓者的决心甚至能和习惯匹敌了。而其他方面，习惯依然持主宰地位，你会惊讶地发现，人们表白、抗辩、允诺、夸口以后，在行事上还是一如既往，仿佛他们只是傀儡或机械，只是因为习惯而被驱动罢了。

我们还能看到习惯的统治或独裁具有多么巨大的影响。印度人（我指的是天衣教信徒）安静地躺在柴堆上，然后引火自焚以献祭；而且他们的妻子还争着要同丈夫一起献祭。古代斯巴达的青年习惯在狄安娜的祭坛前接受鞭笞，且一声不吭。我记得在伊丽莎白女王统治之初，一名被英国判处死刑的爱尔兰叛逆者向总督请求，用荆条而不是用绞索绞死他，因为以前的叛逆者都是被荆条绞死的。俄国的苦修僧人为了赎罪，甘愿彻夜坐在一盆冷水中，直到身体被冻僵。

习惯左右人的身心的例子真是说也说不完。既然习惯能主宰人生，那就让人想方设法养成良好的习惯。

毋庸置疑，好习惯最好从幼年就开始培养，这就是我们说的“教育”，其实它就是一种早年开始的习惯。和成年时相比，幼年学东西时，人们的舌头更灵活，肢体更柔软柔顺，更容易学会各种腔调和运动技巧，因为成年时学东西很难再倾心投入，除非他是思想尚未僵化、头脑开通且时刻准备改进的人，但这种人实在太少。

如果说一个个体的习惯影响巨大，那么一个群体的习惯影响就更大了。因为群体中存在榜样教导、同伴助长、竞争加速、荣耀激发等因素，所以习惯能达到登峰造极的地步。当然，助长人性中的美德要有赖法制健全、纪律严明的社会，因为国家和政府只是滋养已萌芽的美德，而不太能改善美德的种子。况且更可悲的是，如今最有效的育种手段正用来达成最不可取的目标。

（1612 年作，1625 年扩充。）

【注释】

〔1〕克莱门于公元 1589 年刺杀法王亨利三世；拉瓦亚克于公元 1610 年刺杀法王亨利四世；若雷吉于公元 1582 年刺杀尼德兰联省共和国首任执政者威廉未遂，但巴尔塔萨·赫拉德于同年刺杀了威廉。

四十　谈幸运

毫无疑问，外在的偶然事件往往促成了幸运，如宠爱、时机、他人的死亡、巧合。然而，主要还是一个人的双手创造了他的幸运。诗人说："每个人的幸运都是自己设计的。"最常见的外在原因是，一个人干的蠢事，恰恰导致了另一个人的幸运，因为任何一个人的暴发都是别人的失误所致，"蛇吞食其他蛇，才能变成龙"。

优点放在明处能招人赞扬，藏在暗处的优点却能带来幸运，这些表现自我的方式难以言喻，西班牙人称为"disembo-hura[1]"，能稍微道出其中的一部分含义，前提是一个人的天性中没有障碍和倔强，而思想的车轮与幸运的车轮又并轨同行的时候。李维[2]曾这样形容老加图[3]："此人身体健壮、心智强悍，所以无论他生在什么家庭，都能走运。"然后他又发现他有“多种才具”。因此只要一个人小心留意，一定能看见幸运女神，因为尽管幸运蒙着双眼，可她还是能被人看见。

幸运之路就如天上的银河，它由许多小星星聚集而成，这些小星星单独的光微弱得看不见，但聚在一起却闪闪发亮。同样，使人走运的也都是一些毫不起眼的小优点、小才能和习惯。其中有一些人们很难想到，意大利人却没有忽视。当他们说起一个幸运儿时，总会加上一句：“他是有一点儿装疯卖傻。”不可否认，幸运的两大要素就是有一点儿傻和不是老实过了头。因此极端爱国或极端爱主的人从不走运，而且他也绝不会成为幸运儿，因为一个人如果毫不考虑自己，他就不会走自己的路了。

突如其来的幸运造就冒失鬼、浪荡子（法国人的叫法更巧妙：“entreprenant”或“remuant”），但奋斗得到的幸运却造就人才。我们应该尊敬幸运之神，即便是为了她的两个女儿——“自信”和“声誉”，因为她们都是幸运的产物，前者生于幸运者自己的心中，后者生于羡慕他的人的心中。

聪明人为了避免人们嫉妒他们的长处，往往将这些长处归为天意或幸运，因为这样他们就能心安理得地拥有这些长处了。况且神灵的保佑会显得一个人更有才更伟大。所以恺撒在暴风雨中对水手说：“你不仅载着恺撒，还载着他的幸运。”所以苏拉的称号选用了“幸运的”而不是“伟大的”。

而且人们发现，那些过多地将成功归为自己的聪明才智的人，结局都不太好。据记载，雅典人提谟修斯[4]在向政府述职时，常常这样说："此次胜利绝非运气。"从此以后，他再没有什么成就。

不可否认，有些人的幸运就如荷马的诗句，就是比其他的诗词语句通畅，普卢塔克曾将提摩勒翁[5]的幸运与阿格西劳斯或伊巴密浓达[6]的幸运作比较，就曾这么说过。毋庸置疑，人与人之间的运气本就不同，主要还是取决于自己。

（1612 年作，1625 年略有扩充。）

【注释】

〔1〕指随机应变的能力。

〔2〕李维（前 59—17），是古罗马著名的历史学家，著有《罗马史》49 卷。

〔3〕加图（前 234—前 149），是古罗马政治家、演说家，著有《创始记》。

〔4〕提谟修斯（？—前 354），是古希腊政治家和将军。

〔5〕提摩勒翁（前 400？—前 337），是古希腊军事家和政治家，曾率军解放叙拉古，保卫西西里。

〔6〕伊巴密浓达（前 420？—前 362），是古希腊底比斯将军，两次击败斯巴达，后来战死于曼提尼亚战役。

四十一　谈放债

很多人曾巧妙地抨击放债。他们说，真是遗憾呀！魔鬼拿走了属于上帝的那一份，也就是十分之一；还说放债人在安息日也不放过，因为他的犁头在礼拜天也要继续耕作；又说放债人是维吉尔笔下的雄蜂：

> 好吃懒做的雄蜂，被赶出了蜂房。

又说放债人违反了上帝为堕落以后的人类制定的第一条法规，即“你必须汗流浃背才有饭吃”，而不是靠“别人汗流浃背”；又说放债人应戴橘黄色的帽子，因为他们把自己变成了犹太人；又说钱生钱实在是罪恶滔天。诸如此类，数不胜数。我则认为，放债是“对铁石心肠的让步”。既然人们避免不了借贷，而铁石心肠的人们又不愿白白借钱给他人，那就必须准许放债了。

还有一些人质疑银行和私人财产呈报以及别的手段，并对其提过巧妙的建议，却很少有人对放债提类似的建议。

最好还是将放债的利与弊摆在明处，让大家小心斟酌，慎重选择，以趋其利，避其弊。

放债有这样几点弊端：第一，它使商人减少。因为要是没有放债这种坐等生财的门道，金钱就不会闲置不动，其中大部分就会应用到商业上，而商业就是一国财富的“门静脉”；第二，它使商人素质下降。如果一个农民能坐享高额地租，就不会费心耕种土地。同样，如果一个商人坐等放债，就不会积极张罗买卖；第三，这是前两点的必然结果，即君王或国家税收减少，因为税收的多少取决于商业的起伏；第四，它让一国的财富归于少数人之手，因为放债人稳稳当当地坐享利息，而借债者则未必能将本图利，所以最后大部分钱都进了放债人的口袋，而一个国家的财富只有比较平均地分配，才会繁荣富强；第五，它使地价下跌，因为金钱主要用来经商或买地，而放债堵住了两处的财源；第六，它阻碍了工业、改良和发明，因为如果不是它的作梗，金钱能在此大有作为；最后一点，它使许多人破产，久而久之，就会导致全民贫困的局面。

不过，放债也有这样几点好处：第一，它尽管在某些方面妨碍了商业经营，但又促进了某些方面的经营，因为不可否认，绝大部分贸易活动是青年商人靠有息贷款来运作的，因此，如果放债人收回债款或不再放债，商业贸易马上就会陷入停滞。第二，如果没有这种简便的有息贷款，人们一时的窘迫也可能会导致倾家荡产，因为他们迫于生活，不得不贱卖自己的生活资料（无论是土地还是货产），所以虽然放债人会啃噬他们，但不景气的市场却会吞噬他们。至于抵押、典当，那也几乎于事无补，因为人们不是拒收无利可图的典当物，就是巴不得典当者无法赎回而最终将其占为己有。我记得国内有一个心狠手辣的富翁说："让放债见鬼去吧，它搞得我们没法占有抵押的财物和票据。"第三，也是最后一点，无息借贷无异于痴人说梦，而且借贷受限也将带来诸多的不便，因此说废除放债不过是空口白牙。所有国家都有不同种类和利率的放债，所以这种建议只能向乌托邦去提。

现在谈谈如何改革和管理放债，以达到扬长避短的最佳效果。结合放债的利弊来看，似乎可从两点来调整：一是磨磨放债的牙齿，让它不要啃得太厉害；二是以某种公开的方式鼓励有钱人借钱给商人，以促进贸易的持续发展。要做到这一点，就必须施行两种大小不同的放债业务，因为压低所有放债利率，只对普通的借债人有利，反而导致商人借贷困难。须知商业贸易最有利可图，所以能承受较高的利息，而其他借债人则难以承受。

为了做到上文所说的两点调整，就要做到：设定两种放债利率：一种是普通人可选用的通用债率；另一种是针对某些人和某些商业地区专用的特殊债率。因此，首先要将通用的放债利率降至5厘，而且明文规定这种利率不受限制，也不会受到国家的任何惩罚。这样能保护借贷，不致使其完全消失，还能减轻国内无数借款人的压力，还有利于地价的普遍提高，因为以相当于16年租金的价格购得的土地可以生6厘及以上的利润，而这种利率仅是5厘。同样，这样也能刺激工业的发展和改革的顺利进行，因为和获取5厘的利息相比，许多人尤其是习惯获取高利润的人，更愿意对这一类事业投资。其次，允许一些人以较高的利率借钱给一些大商人，但要注意这样几点：第一，一定要降低一点利率，即便是对商人放债，也要比他从前所付的利息略小一些，因为只有这样才能让所有的借债人（不管他是不是商人），都能从这项改革中受益；第二，放债人不能是银行或"公共资金"，只能是拥有金钱的个人，这并非因为我们讨厌银行，而是因为他们的行为时常惹人怀疑，可信度较低；第三，国家要对特许放债征一点税，但大部分利润要留给放债人，就不会因为征税而挫伤放债人的积极性。譬如说，那些最初收取10厘或9厘利息的人，宁肯降到8厘，也不愿放弃稳妥的放债生意，而去谋求危险的收入；第四，不要限制特许放债的人数，但要将他们放债的地区限制在几个主要商业城镇，因为这样一来他们就不能把别人的钱当自己的钱去放债，即不能以通用利率贷款而用较高利率放债，因为谁也不愿意把自己的钱借到远方去，也不愿借给陌生人。

如果有人反对，说以前只是允许在某些地方放债，这样一来就等于正式认可了放债，对此，我的回答是：与其默认它的肆虐，不如承认并节制它。

（1625 年作。）

四十二　谈青年与老年

如果不浪费光阴，年少者也可以老成持重。但这种情况十分罕见。一般来说，青年就像最初形成的想法，不如深思熟虑后的想法那么明智，因为不仅在年龄上，而且在思想上，都有青涩、幼稚的时代。然而和老年人相比，年轻人更富有创造力，各种想法仿佛神差鬼使似的，源源不断地涌入他们的脑子。

热情奔放、欲望强烈、情绪多变的人大多大器晚成，如尤利乌斯·恺撒和塞普提缪斯·塞维鲁。有人曾这样评价后者："他年轻时放浪形骸，甚至疯疯癫癫。"但他是最能干的一个罗马皇帝。而性情随和的人在年轻时就能大有作为，众所周知的例子有奥古斯都·恺撒、佛罗伦萨大公科斯莫[1]、加斯东·德·富瓦[2]等。话又说回来，老年人的热情与活力是成就伟业的一大优秀品质。

年轻人擅长创造而不擅长决断，能做干将，当不了谋臣，适合推行新计划，做已成定规的事务就不行。至于老年人的经验，虽能指导那些他经历过的事，但也可能误导新生事物。

年轻人犯错常让事情毁于一旦，而老年人犯错则不过是减慢了事情进展的速度。年轻人做事往往好大喜功、贪多务得；总是不顾方法和步骤，急功近利；偶然发现一点规律，就穷追不舍，贸然革新，结果导致一大堆意想不到的麻烦，矫枉纠偏时又总是一开始就采用极端手段，结果变得更糟，还死不承认，不知悔改，就像一匹还没上笼头的马，不知何时该停步，何时该转弯。

老年人做事则是反对太多，计划太久，不爱冒险，极易后悔，办事拖拉，见好就收。

毋庸置疑，老少结合则最好，这有益于当下，因为双方的优点都可以纠正对方的缺点；也有益于未来，因为老年人做事的时候，年轻人就可以在旁边学习；这有益于搞外交，因为老年人富有权威，年轻人易得人心。

不过就道德层面而言，青年人较占优势，就像老年人在政治上更占优势一样。《圣经》上说：“你们年少者要见异象，年老者要做异梦。”有个拉比[3]解析说，和老年人相比，青年人更接近上帝，因为相较异梦，异象的启示更为清晰。世情如酒，越喝越醉人，老年人的优势在于理解能力，而不是意志感情。

确实有人少年老成，但不过是昙花一现。少年老成的人分为3类：第一种是早年就锋芒毕露，但很快就才智枯竭，如修辞学家赫摩吉尼斯[4]，他早年的著作用词精辟，但后来却变得言辞愚钝；第二种是有一定的天赋，但这种天赋只能在青春时增光而不能在老年时添彩，如能言善辩只适合年轻人，不适合老年人，就如图利对霍廷西乌斯[5]的评价：“他还是那种风格，却不合适他了。”第三种是一开始的表现太过耀眼，以致后来难以维持其辉煌，就如李维评价西庇阿·阿非利加“年老的作为远不如最初”那样。

（1612年作，1625年略有扩充。）

【注释】

〔1〕公元1540年，年仅21岁的科斯莫担任佛罗伦萨共和国首脑，长达34年之久。

〔2〕加斯东·德·富瓦（1489—1512），是内穆尔公爵、法王路易十二的外甥，23岁就率军作战，可惜英年早逝。

〔3〕拉比是对犹太学者的尊称，相当于老师、夫子。此处指

犹太学者阿布拉内尔（1437—1508），他曾先后为葡萄牙国王阿方索五世和西班牙国王斐迪南服务，著有《〈旧约〉评注》等神学作品。

〔4〕赫摩吉尼斯，是公元2世纪古希腊著名的修辞学家，15岁就成了著名的演说家，17岁出版了论修辞的专著，但25岁时完全丧失记忆，成了一个弱智。

〔5〕霍廷西乌斯（前114—前50），是古罗马著名的雄辩家，以在“维列斯审判”（公元前70年）中对辩著名演说家图利·西塞罗而声名大震。

四十三　谈美

德行就像宝石，镶嵌在素净处最美。人最美的地方，不是秀丽娇媚的五官，而是优雅端庄的仪态。富有德行的绝色美人十分难得，仿佛大自然在忙碌运转时只求无过，却不愿耗费心思培养德行与美貌兼具的尤物，因此外表出众的人多数没有高贵的品格，一味讲求外在的举止而忽视内在的德行。不过这也不可一概而论。既是英豪又是美男的人也不少，如罗马皇帝奥古斯都·恺撒和提图斯·韦斯巴芗、法王腓力四世、英王爱德华四世、古雅典将军亚西比德[1]、波斯萨非伊斯梅尔[2]。说到美，肤色美不如容貌美，容貌美又不如文雅得体的举止美。而优雅的举止乃美之极致，非笔墨能形容，也非一眼就能发现。所有绝色美人的身体都有异于常人之处。阿佩勒斯和丢勒[3]，后者画人总是按几何比例，前者则喜欢将许多面孔之美集中在一张脸上[4]，谁也说不清他们两位谁更荒谬，但我认为，美人会喜欢这种画像，除了画家本人。我其实不是反对画家去画出一张美丽绝伦的面孔，而是认为他应该借助神来之笔（就像音乐家谱写名曲那样），而不是依赖某些规则。人们看过许多这样的面孔，若将其五官分开审查，往往一无是处，但组合在一起来看，就楚楚动人。如若美的关键在于优雅的举止，那年长的人更美就不觉奇怪了，须知“美到秋天依然美”。如果不考虑青春年少能弥补美貌上不足这点，可以说没有一个年少者称得上俊美。美就像夏天的水果，容易腐烂，难以保存，且往往让年少者放浪、年老者尴尬。但就像我在一开始就说的，如果美依附于德行，它就能使德行生辉，使恶行赧颜。

（1612 年作，1625 年略有扩充。）

【注释】

〔1〕亚西比德（前 450？—前 404），是古雅典的政治家和将军，也是苏格拉底的生死之交。

〔2〕伊斯梅尔时波斯萨非王朝的创建者（公元 1502 年—公元 1524 年在位），率先开创了萨非这一王朝君主称号，意为“智慧的、虔诚的”。

〔3〕阿佩勒斯，是公元前 4 世纪古希腊最著名的画家之一，尤其善于表现女性美，曾担任马其顿国王腓力二世和亚历山大大帝的宫廷画师。丢勒（1471—1528），是德国画家，擅长在绘画中结

合意大利文艺复兴精神与哥特式艺术技巧，著有《论人体各部之比例》一书。

〔4〕此处有误，擅长“将许多面孔之美集中在一张脸上”的画家不是阿佩勒斯，而是另一位古希腊画家宙克西斯（前464—前389），传说他曾将5位美女最美之处绘于一身，成就了海伦像。

四十四　谈残疾

残疾人一般会报复造物主，既然造物主对他们不公，他们也就对造物主不义。因为他们中的大多数都（像《圣经》说的那样）是“无亲情”的，所以便要报复造物主。不可否认，肉体和精神之间存在着一种契合，造物主在一方有所失误，就得在另一方承担风险。然而，由于精神可由人选择构筑，不像肉体只能听天由命，所以有时天性的星宿也会为修养和才德的太阳所遮暗。因此，最好不要认为残疾是一种更可欺的标记，而要把它看成是一种必将产生某些结果的原因。

因残疾而招人轻蔑的人，会产生一种持续激励自己走出轻蔑的力量，因而所有的残疾人都特别勇敢。这种勇敢最开始是为了在遭受轻蔑时自卫，但久而久之，就形成了一种习惯。残疾还能激励人发愤图强，尤其会激发他们去注意观察别人的弱点，从而找到一种“彼此彼此”的平衡感。再说，残疾让优越者对他们不屑一顾，也就消除了优越者对他们的嫉妒；也可以麻痹竞争对手，因为他们从不认为残疾人能有大的作为，直到他们亲眼看到残疾人的高升。所以总的来说，一个聪明人的身体缺陷反而能加速他的飞黄腾达。

古代的君王（也有如今在位的某些国家的君王）习惯宠信宦官，因为对众人心怀嫉妒的宦官更乐于臣服于君王一人，然而君王之所以宠信宦官，只不过要让他们成为称职的密探，而不是称职的官员。残疾人的情况差不多也是这样：如果他们足够聪明，就会想方设法摆脱别人的轻蔑，或者依靠德行，或者依靠恶行。因此如果你偶然看到一个出类拔萃的残疾人，千万不要大惊小怪，要知道斯巴达国王阿格西劳斯、苏莱曼一世之子赞吉尔、寓言大师伊索[1]、秘鲁总督加斯加[2]都是残疾人，就连大哲学家苏格拉底[3]等也可归入其中。

（1612 年作，1625 年改写。）

【注释】

〔1〕伊索（前 620—前 560），是古希腊著名的哲学家、文学家、寓言家。据 13 世纪发现的一部手抄本《伊索传》记载，伊索本人的形体丑陋不堪，但该记载可信度有待商榷。

〔2〕加斯加（1485—1567），是西班牙天主教教士，公元 1547 年率军前往秘鲁平息皮萨罗的叛乱，并于公元 1548 年处死了皮萨罗，传说其四肢特别长。

〔3〕大哲学家苏格拉底形貌特别丑陋，但身体并无残疾。

四十五　谈建房

建房的目的是住人，而不是观赏。因此首先要实用，其次再追求匀称美观，当然二者兼顾更好。如果只追求美观，那就该找诗人来建，因为他们最擅长用很少的花费建造美轮美奂的魔幻宫殿。

把美丽的房子建造在一个环境糟糕的地方，无异于把自己投入监狱。我说的环境糟糕不仅指空气糟糕，还指天气多变。你肯定见过不少建在山坳较高处的漂亮别墅，周围高山环绕，可太阳的热量在山坳不易挥发，风聚居在山坳就像水聚集在低谷一样，因此气温总是骤冷骤热，感觉好像住在几个不同的地方。恶劣的环境，除了有空气的恶劣，还有交通和购物上的不便，你如果愿意听听莫摩斯[1]的意见，那就还有邻居的恶劣。姑且不说别的那些，如水源匮乏、树木稀少、土地贫瘠且多种土壤混杂；视野窄，平地少，不便打猎、放鹰、跑马；离海太近或太远；不因河流通航受益，却因河水泛滥而受苦；不是远离大城市，办事不便，就是太靠近大城市，导致花销大、物价高；还要考虑何处能聚财，何处会受困。诸如此类，虽然不可能完全碰到，但也要有所了解和考虑，以便在选址时扬长避短。如果一个人有多个住处，也要如此安排，以便让一个住处缺乏的东西在另一个住处得到弥补。庞培在看到卢卡拉斯[2]的一所住宅里那些宏伟壮丽的凉廊和宽敞明亮的房间时，就曾感叹道："这确实是一个避暑的好地方，但你冬天该怎么办呢?"卢卡拉斯的回答十分巧妙："鸟儿都知道在冬天来临前挪挪窝，难道你觉得我不如鸟儿聪明?"

从选址谈到建房本身，我们打算像西塞罗谈演讲那样，西塞罗写了3卷《论演说艺术》和1本《演说家》，在前者讲演讲的原理，在后者讲演讲的实践，因此我打算先描述一座宏伟的府邸，作为一个简明的样板。因为在如今的欧洲，就连在梵蒂冈和埃斯库里亚尔宫[3]那样宏伟的建筑里，也几乎找不到一间非常像样的房间，这种情况真是让人匪夷所思。

因此，我首先得说，一座完美的府邸必须要有两个分开的侧楼：一个是《以斯帖记》描绘的宴会场所，用来举办宴会庆典；另一个是起居场所，用来日常居住。我认为这两个侧楼不一定只是转延的横翼，还是正面的组成部分。尽管内部布局不同，外部造型却要相通，即它们可居于正面大楼两侧，经由主楼连成一体。在宴会侧楼的二楼，我建议只设置一间漂亮的大厅，大概有 40 英尺高，楼下应准备一间屋子作为庆典时更衣、准备的场所。而对于居住的侧楼，我建议先隔出厅堂和礼拜堂，二者都要堂皇宽敞，但不能占据整个侧楼，还要在远的一端隔出两间分别在冬天和夏天使用的客厅，二者都要布置美观。在这些房间之下，应是一个宽大的酒窖，以及几间专用的厨房、食品储藏室和配餐室等。至于主楼，我认为要比侧楼多建两层，每层高度要保持在 18 英尺；屋顶要用漂亮的铅皮来铺，周围有栏杆，栏杆之间要适当插入一些雕像装饰。主楼也要按实际需要分成若干房间，楼梯最好采用旋转而上的样式，配上古铜色的雕木栏杆，楼梯顶部是一个十分美观的平台。不过要这样做，必须满足一点，即不可把下层的任何一个房间作为仆人的餐室，否则你吃完饭后，还得跟着仆人再吃一次，因为饭菜的香气会像顺着烟囱的烟一样，顺着楼梯扶摇直上。正楼的情况就说这么多，不过我建议第一层楼梯的高度应为 16 英尺，正好和下层房间的高度持平。

正楼的后面应设置一个漂亮的庭院，但其他三面的建筑要远远低于正楼。院子的四角都应设置漂亮的楼梯，楼梯连接凸在建筑墙外的角楼，而不贯通建筑内部。不过角楼要比正楼低，跟周围较低的建筑物相比也不能突兀。不要在院子里铺砖石，因为砖石在夏天会越显炎热，在冬天则越显寒冷。只能在四周和成对角线的小道上铺砖石，在四合院其余的部分则种植草皮，还要经常修剪草皮，但不能剪得太短。宴会厅一侧的横翼建筑都应设置为堂皇的长廊，长廊里应设计几个间隔适当的精美的穹顶，以及图案各异的彩绘玻璃窗。日常起居的一侧则设置成会客室和一般接待室，以及几间卧室。这三面都设计成两排房间夹一条走廊的双向房格局，只单面采光，这样无论在上午、下午都能享有不受太阳直射的房间了。你还得分别设计适合夏天和冬天的房间，确保夏天阴凉，冬天温暖。有时候你会看见有人给房子装满玻璃窗户，弄得人完全不知道该到哪里去避开日晒或严寒。至于弧形凸窗，我觉得还是不错的（在城市里得考虑临街一面的整齐性，因此最好是平墙直窗），因为凸窗可作为会谈的幽静之所，还能避免风吹日晒，几乎不会受到贯通全屋的风和阳光的影响。不过这种窗户不要太多，在一个院子设置4个就行，而且只装在外侧。

还应在庭院的后面设计一个内院，内院的面积和房屋的高度要和前院一样，房屋被花园围绕，靠里的四面都环绕着漂亮精致的拱形回廊，有一层楼那么高。面向花园的一层可设计成洞穴式的消暑之地，只在面向花园的一面开设门窗。为了避免潮湿，这一层绝不能低于地面。应在院子中间设置一个喷泉或者优美的雕像，像前院那样铺砌地面。院子两侧的厢房可供私人居住，顶头一排则作为专门的馆所。你还得注意把二楼其中一间作为医务室，以防居住的王公贵族偶染微恙，但医疗室要与接待室、卧室、会客室、休息室相连。一楼和三楼都应设计一个漂亮的敞开的柱廊，用来观赏花园的景致，呼吸新鲜空气。在左右两侧厢房衔接的角上，应设计两个小巧玲珑的楼阁，铺上精美的地砖，墙上挂着富丽堂皇的装饰品，玻璃窗户闪闪发亮，上方的穹顶金碧辉煌，再配以其他种种能够想像的精美布置。如果条件允许，我还希望在上层的柱廊上设计一些喷口，让泉水从各个地方喷射而出。

府邸的模式就说到这，其实还有一点，一定要在正楼前面设置 3 个庭院：第一个是被围墙圈起来的绿草坪；第二个的布置和前一个差不多，只不过多了一些小角楼；第三个则与正楼构成一个正方形场地，但没有建筑和围墙，只用铅皮铺顶的精心装饰的露台围绕，内侧是柱廊，但柱与柱之间不加拱门。

至于马厩、洗衣房等事务性用房就要与府邸保持一定距离，设置一些低矮的回廊与府邸相连即可。

（1625 年作。）

【注释】

〔1〕莫摩斯，是古希腊神话中负责吹毛求疵的神。据传，他曾挑剔雅典娜没有给房子安上轮子，使得遇上恶劣的邻居时无法将房子搬走，但最后因为挑不出美神阿佛洛狄忒的毛病而气死。

〔2〕卢卡拉斯（前110？—前56），是古罗马的大将，曾担任财务官、行政长官等职，以宅第、宴饮豪华著称。

〔3〕指马德里西北40公里处的一个西班牙皇家行宫建筑群，由著名建筑师托莱多于公元1563年—公元1567年设计建造。

四十六　谈园林

无所不能的上帝是第一个营造园林的人。人类确实能从园林里获得最直接的快乐和畅快的消遣。如果缺少园林，楼堂馆所自然就缺少了天然的情趣，只有粗俗的人工制作。人们发现，只要时代一崇尚文明高雅，大家就开始大肆修建宏大华美的住宅，并配以精心设计的园林，仿佛有了园林，住宅就更完美似的。

我认为营造王公贵族的园林时，应做到一年四季都有花吐艳，月月都有美景可赏。为避免园林在12月、元月和11月的下半月里显得萧瑟，你一定要种植四季常青的草木，如四季青、常春藤、月桂、杜松、香柏、紫杉、松树、冷杉、迷迭香、熏衣草、白紫蓝颜色各异的常春花。如果是温室栽植花草，还有石蚕、鸢尾花、橙树、柠檬树、桃金娘，并在向阳但隐蔽处栽种香墨角兰。1 月后半月和 2 月，瑞香花、番红花、黄色和白色皆有的香菖兰、报春花、银莲花、早开的郁金香、风信子、贝母就要开放了。3 月，尤其是那种开得最早的蓝色单瓣香堇、黄水仙、雏菊、杏花、桃花、山茱萸花、多瓣蔷薇就进入了花期。4 月，双瓣白香堇、桂竹香、紫罗兰、黄花九轮草、鸢尾花、各种百合花、迷迭香、郁金香、重瓣牡丹、淡水仙、法国忍冬、樱花、李花、抽叶的山楂、紫丁香都是可观的美景。5 月和 6 月，各种各样的石竹，尤其是红石竹；除了晚开的麝香玫瑰之外的多种多样的玫瑰；忍冬、草莓、小花牛舌草、耧斗菜、万寿菊、非洲花、樱桃、茶蔗、无花果、覆盆子、葡萄花、熏衣草花、白花香赛蒂莲、麝香兰、铃兰、苹果花，都开始争奇斗艳。7 月，形形色色的紫罗兰、麝香玫瑰、酸橙花、早梨、李子、早苹果、未熟的小苹果构成了一道道风景线。8 月的美景由成熟的各种李子、梨、杏、小檗果、榛子、香瓜、舟形乌头构成。9 月的美景则少不了葡萄、苹果、五颜六色的罂粟花、桃子、巨桃、蜜桃、山茱萸、冬梨、榅桲。10 月和 11 月初能观赏花楸果、欧楂果、野李子、经嫁接或移植而延迟了花期的玫瑰、冬青，以及诸如此类的花木。虽然这些花草树木都是适合伦敦气候的花木，不过我的意思很明白：你可以因地制宜，营造出一个“永恒的春天”。

鉴于自然扩散在空气里的花草芳香（花香飘飘就像乐声

漾漾）要胜过提炼出来的香水，因此要获得这种闻香的快乐，最好的办法就是了解哪些花卉最能散发芳香。粉红玫瑰和红玫瑰都很擅长隐藏芳香，所以即便你经过整整一行这样的玫瑰花，也不会闻见一丝香气，即便是浸满晨露时也是如此。同样，生长中的月桂也不释放香气。迷迭香和茉乔栾的香味都很淡。香堇的香味最为浓郁，首先尤其是白色重瓣香堇，它一年开两次花，分别在4 月中旬和8 月下旬；其次当数麝香玫瑰；再次是即将枯萎的林石草，散发出一种沁人心脾的芳香；之后就是葡萄花，这是一种呈穗状的小粉花，像车前草的花一样；最后就是多瓣蔷薇和桂竹香，将它们摆放在客厅窗户和低矮一些的寝室窗户下面，最让人赏心悦目；另外是石竹和紫罗兰，尤其是丛生石竹和康乃馨；除此之外是酸橙花；值得一提的是忍冬，远一点闻更觉香气宜人。豆花我姑且不论，因为它不是观赏花卉；但有3 类花我要提一下，就是小地榆、百里香和水薄荷，它们不会在人们经过时散发香气，而要在被人们践踏踩碎时才会芳香四溢，因此你不妨把这些花种在小径上，享受一下踏花闻香的快乐。

园林（和前面我们谈的王公贵族的建筑一样，园林也是王公贵族的园林）的面积应在30 英亩以上，而且应分成3 个部分：入口处的一片绿地，园林尽头的一片旷野或荒野，居中的园林主景，以及两旁的树篱小径。我建议绿地的面积应是4 英亩，草莽的面积应是6 英亩，两边的面积各是4 英亩，主园的面积是12英亩。绿地滋生的乐趣有两种：第一，修剪整齐的绿草地最赏心悦目；第二，绿地中间设置一条芳草径，可直达围绕主园的一圈树篱。不过因为这条小径会很长，你总不能在夏天为了进入主园纳凉，而先顶着炎炎烈日走完整条小径吧？因此你要请木工在绿地两侧各修一条12英尺高的廊道，以便你能在树荫的遮蔽下进入主园。至于在住宅面朝花园的那一侧窗户下，用五彩泥土铺出几何图案的花坛，那只不过是雕虫小技，因为你经常在苹果馅饼上看到这样的情景。花园最好设计成正方形，四周环绕着高大的拱形篱垣，拱门要用木制的柱子支撑，拱门的大小约10英尺高、6英尺宽，拱门之间的间距也应是6英尺。篱墙要高出拱门4英尺，并连成一片，也用木架支撑。这种篱墙在高出拱门处要设置一个小角楼，里面空腹，大小要能容下一个鸟笼。在每个拱门之间的篱墙上，还要有一个小小的造型设计，在朝外的一面镶上圆形的彩色玻璃片，以反射绚丽的阳光。然后要把这种篱墙建在一条地势平缓的堤埂上，千万不要太陡，陡高约6英尺，栽满花草。而且，我觉得这个正方形的花园不应占据园林的整个宽度，而应在两边留出一些地方修筑各种边道，并和草坪的两条小路相通。但在花园两头绝不要修建带篱墙的小径，因为前面的篱墙会使你无法从草坪望见这个美丽的篱垣；后边的篱墙会使你从篱垣的拱门望去时看不见后面的旷野。

至于大篱墙内的布局，风格可随你心欲改变，不过，我建议，无论你最初设计的是什么式样，但草木一定不要芜杂茂密，也不要太过于精雕细刻，我是不喜欢把桧柏和别的园木修剪成各种人或动物的形状，那是孩子才喜欢看的。我喜欢的是低矮的小树篱，修建得圆圆的，像一条条镶边，中间还夹杂一些漂亮的宝塔，有的地方还可借助木头镶框变成美观的柱子。我认为花园里的道路宜宽阔美观，两边的小路倒可以狭窄一些，但主园里的绝对不能狭窄。我还希望在花园的正中央设置一座美丽的小山，有 3 段通往山顶的台阶，台阶顶有一条足以供 4 人并行的环山小径，形成一个正圆形，两旁没有任何壁垒或凸起。小山应有 30 英尺高，山顶设置有一间布置考究的宴会厅，内有造型精美的壁炉，但不要有太多的玻璃窗。

水泉赏心悦目，而水塘就大煞风景，因为水塘会破坏花园卫生，导致蚊蝇泛滥，青蛙成灾。我认为水泉应有两类：飞雾喷泉和碧池涌泉，后者需建一个三四十英尺大小的水池，但里面不要有鱼和泥土。如今喷泉的底座都是装饰性极强的镀金的或大理石的雕像，不过问题的关键在于保持水的流动，千万不要让它成为蓄水池里的一潭死水，以免水质受到其他东西的污染而变绿变红，或滋生苔藓，或藏污纳垢；还要每天安排人清理蓄水池；还可在喷泉的底座下修一些台阶，喷泉周围的地面也要铺砌有致。至于碧池涌泉，也可称其为“浴池”，它是人们的好奇心和审美观的体现，我们就不必费神细说，总之池底和池边的地面都要铺砌成精美的图案，并饰以彩色玻璃和类似的光彩夺目的东西，四周还要配以低矮的雕像做围栏。不过问题的关键仍然和前一种喷泉一样，那就是水必须保持流动，水源必须高过水池，让水从一些美观的喷头中注入水池，然后从一些大小相同的水孔流入地下，不至于滞留池中。对此可有一些精巧的设计，如让喷出的水呈弧线但不乱飞溅，让水呈羽毛状、酒杯状、华盖状等各种形状来喷射，这些水泉追求的是观赏性，而不像温泉那样追求健体颐神。

说到园林三大部分之一的旷野，我希望把它尽量布置成浑然天成的荒野，那儿不要种植树木，但可以种植一些由多瓣蔷薇和忍冬构成的灌木丛，并要有野葡萄藤夹杂其间。地面可种植一些香堇、林石草和月见草，因为这些花草香味浓郁，适宜在阴凉处生长，最好是这里一簇，那里一撮，随意生长，不要有什么次序。我也喜欢设置一些就像真实旷野中的鼹鼠丘那样的小土堆，分别种上百里香、石竹、石蚕、常春花、香堇、草莓、黄花九轮草、雏菊、红玫瑰、铃兰、红石竹、嚏根草，以及这类的虽不名贵但香味浓郁的花草。可在有些土堆顶上种植直立灌木，有些则不必，玫瑰、桧柏、冬青、熊果（只需零星点缀一些，因为它们的香味十分浓郁）、红醋栗、猕猴桃、迷迭香、月桂、多瓣蔷薇等，都是茎干直立的灌木，不过要经常修剪，以免凌乱不堪。

至于正园两侧的空地，可设置大大小小、纵横交错、被树荫遮蔽的幽径。有些小径完全被树荫遮蔽，有些则要避风，即使狂风劲吹，你也要像在室内那样闲庭信步；遮阳的小径两头也要设置挡风的篱墙；而避风的小径则要用卵石精心铺砌，防止野草滋生，以免露水打湿人的鞋袜。许多小径边上可种植各种果树，靠墙种植或独自成行种植都行，但一般要注意，你栽种的果树林，其边缘要美观、宽阔、低矮，斜面起伏不要过大，还要种植一些奇花异草作为点缀，但要种植得稀疏一些，以免抢走树的养分。在两侧空地的尽头，应分别设置一座差不多高的小山，高度以人站在山上而围墙高度刚好齐胸为宜，可纵观园外的景色。

至于主园，我并不觉得这样不好：设置一些两旁栽种果树的小径，并且有一些栽种果树、设有凉亭的小山，但注意不要太密，以免显得主园局促、闭塞，而要保证园内气流的畅通无阻。至于阴凉，我觉得你还是得靠两侧空地的道路，如果你乐意，当然也可以顶着烈日在那里漫步，可是主园的设计原则是：适合在凉爽的季节里流连，炎夏时只能在晨夕或阴天赏玩。

我其实不建议设养鸟场，除非它的面积大到足以在里面铺草皮、种草木，让鸟儿有足够大的活动空间，能自行营巢定居，而且地面上也见不到堆积的鸟粪。

以上就是一座王家园林的模样，它一半是设想，一半是规划，它不是一个模型，而是一个大致的轮廓。在设想、规划它时，我根本没考虑成本的问题，因为对王公贵族来说，钱不是问题。他们通常是听取各种工匠的建议，将其拼凑到一起构建一个园林，花费也许比我设想的还要多，有时候还要加上雕像之类的东西以显得富贵堂皇，但这跟一座园林的真正乐趣相比，实在不足挂齿。

（1625 年作。）

四十七　谈协商

一般来说，当面洽谈要好过书面协商，第三者出面要好过本人亲自商谈。适合书面协商的情况有：一个人想获得一份书面答复，另一个人想要以此作为日后对质的凭证，当面洽谈可能会被打断或误解。适合当面洽谈的情况有：一个人想要威慑住对方，如上级召见下级；因为所谈之事有些微妙，另一个人不得不根据对方的身体反应来把握言语的分寸；最常见的是一个人想留有否认或解释的余地。

在选择代替自己洽谈的人时，最好选用耿直的人，因为他们既能受人之托又能忠人之事，能如实汇报办事的结果。绝不要选用那些狡诈之徒，因为他们总想着替自己谋利，并且汇报时也多是报喜不报忧；还要选乐于办理所托之事的人，因为这样能让洽谈事半功倍；还要根据洽谈的性质选用合适的人，如让大胆的人去规劝，让嘴甜的人去说服，让狡黠的人去探察，让倔强愚钝的人去办那种违背情理的事情；还要选用总能完成你托办之事的人，因为以往的成功会助长他们的信心，而且他们也会为了维持自己的好成绩而努力。

洽谈之初，不要单刀直入，而应拐弯抹角探查对方的虚实，除非你是想给对方来个出其不意。跟心有所求的人洽谈，要好过跟无欲无求的人洽谈。如果你跟别人达成了初步协议，那谁先履行协议就成了问题的关键，可你要想合情合理地要求对方先履约，除非：事情的性质需要对方先行履约；你能用在其他方面给予他帮助的方式，说服对方先履约；你有足够的威信。

洽谈的一切技巧都是为了察探或利用对方。人们在受到信任、兴奋激动、猝不及防，以及心有所求，既想做一件事又没有合适的借口的时候，最容易暴露真实意图。如果你想要左右一个人，你就要熟悉他的习惯、癖好、作风，以便诱导他；或是探知他的真实意图，以便说服他；或是抓住他的弱点和短处，以便恐吓他；或是找出能影响他的人，以便控制他。和狡猾人洽谈的时候，一定要弄清他们的真实意图，以便真正听懂他们的言外之意；而且最好少说话，一说话就要让他们始料未及。在洽谈中遇到阻碍时，不要期望一播种就能收获，而要作好充分的准备，等待时机慢慢成熟。

（1597 年作，1612 年扩充，1625 年略作改动。）

四十八　谈随从与朋友

不要喜欢身价太高的随从，以免像孔雀那样有个漂亮的长尾巴，却没有能飞翔的翅膀。我说的身价太高的随从，不仅是指耗费钱财太多的随从，还是指那些惹人厌烦、诸多要求的随从。一般的随从在获得了主人的支持、推荐和庇护后，不应再有任何过分的要求。更不要喜欢那些拉帮结派的随从，因为他们不是因为尊崇你的理念而追随你，而是出于对别人的心怀不满，我们所熟知的人之间的误会就由此而来。同样，那些爱替主人吹嘘炫耀的人也容易招来麻烦，因为他们不能保守秘密，所以经常成事不足败事有余，不仅损害主人的荣誉，还为主人招来别人的嫉妒。还有一种同样危险至极的随从，他们其实就是潜伏的密探，专门刺探主人家的秘密，然后告诉别人以谋取私利，但这种人往往最受主人宠信，因为他们都十分殷勤谦恭，时常告诉主人一些别人的秘密。

一位政府要员身后有一大批随从（如征战过沙场的人有士兵当他们的随从等），这是很正常的事，即便是在君主国家里，也没什么问题，只要被追随者不要过多地炫耀或过于声势浩大。不过有多人乐于追随的人，必然是能善用人才使其扬德显才的一类人。然而，如果随从的德行相差不大，那宁可选用那些能力尚可的人，也不要选用那些精明能干的人。何况说句实话，在这种世风日下、人心不古的时代，积极行动的人要比聪明能干的人有用得多。

不可否认，君王应对同一级别的政府官员一视同仁，因为破格提拔任何一个人都会导致该人嚣张跋扈，从而引发其他人的不满，因为大家有权要求待遇平等。相反，在管理随从时，最好对他们区别使用、有所选择，这样能让受器重的更加感激知遇之恩，使其他人更殷勤行事，因为一切都取决于主人的宠幸。

聪明的做法是一开始不要太器重任何一个人，因为人们很难长时间把握这种分寸。被别人牵着鼻子走（我们就是这么说的）太不安全，因为这样会显得自己性格懦弱，而且容易惹人非议，使得那些不敢直接向主人提意见或道不是的人也敢肆无忌惮地议论得宠的人，从而损害主人的声誉。不过听从每一个随从的建议，因而搞得自己无所适从，则更不可取，因为这样会使你的看法如同印刷刊样，被修改得乱七八糟。

听取为数不多的几个朋友的忠告，永远是值得称道的，因为往往旁观者清，当局者迷；身在谷底更容易看清高山的真面目。世界上本来就缺少真正的友谊，旗鼓相当者之间的友谊则更加罕见，所谓的惺惺相惜不过是人们的夸张之言。也就是说，友谊其实只存在于上下级之间，因为他们荣辱与共、利害一致。

（1597 年作，1625 年略有扩充。）

四十九　谈求情办事者

许多不正当的要求都有人应承，可见私人求情确实会损害公众利益。许多好事也被别有用心的人应承，我指的不仅是贪赃枉法，而且是老奸巨猾，原本就不打算把事情办成。

有些人虽答应了别人的请求，却不打算全力帮助，但如果看见有其他人帮助而使事情成功的希望较大时，他们就乐得获取请求者的酬谢，或获取一些酬金，或至少在事情未办成前利用一下求情者的希望。有些人接受别人的请求，仅仅是出于和另外一个人作对的目的，或者正好借此机会去通风报信，因为他们正为找不到合适的借口前去拜访某人，根本不在乎别人托办的事情到底会怎么样。或者在一般情况下，只不过是借着帮别人办事来帮自己办事，更有甚者，有的人就是为了要搞砸这件事才接受别人的请求，以便讨好求情者的冤家对头或竞争对手。

不可否认，每个求情都关系到一个公道。如果求情是为了在一项争执中获胜，就关系到一个权衡的公道；如果求情是为了谋取某个职位，就关系到一个奖掖得当的公道。如果一个人在感情上偏向理亏的一方，那他最好私下调解二者的纠纷，不要闹到对簿公堂的地步。如果一个人在感情上偏袒才能较为平庸的那个人，那他在成全平庸者的同时，千万不要去诋毁那个才能出色的人。如果你对别人托办的事情不太清楚，最好向一个你信得过、有见识的朋友请教，让他帮你判断接办此事是否体面。不过你要选对帮你判断的人，否则就会被别人牵着鼻子走。求人办事的人最讨厌别人的拖延和欺骗，因此你最好在一开始就干脆拒绝某些请求，或是如实讲明事情成功的希望有多少，事成之后只拿取自己应得的酬谢，这样才能获得别人的尊敬和感激。当有人第一个向你就某些事求情时，你无法答应他的请求，就要考虑他对你的信任，不能因为他提供的是你无法从别人那里获得的信息，就利用这一信息去坑害人家，而应建议他另寻门路，这也算是补偿了人家对你的信任。一个人不懂请托的价值，不过是头脑简单，而一个人分不清请托的正当与否，则是丧失了良知。

求情要想成功，保密是一大诀窍，因为在事情进展过程中大肆张扬成功在望，虽能挫伤某种求情人的积极性，但也会引起另外一些求情人的警觉，加快活动步伐。不过求情成功的关键，在于掌握求情的时机。我说的掌握时机，不仅是要考虑哪些人容易答应你的请求，还要考虑哪些人会从中作梗。在寻找办事的人选时，与其选最显赫的人，不如选最合适的人；与其选统管全局的人，不如选专管具体事务的人。如果一个人在第一次求情时就被拒绝，但并未表现得沮丧或愤懑，下次再提出请求，有时会获得因遭拒而给予的补偿，而且效果可能和初次答应的效果差不多。如果一个人特别受宠，“欲求一寸先求一尺”的原则十分有效，但如果情况相反，那就最好使用“欲求一尺先求一寸”的原则。因为人们很容易拒绝初次贸然开口的求情者，但却很难拒绝已经提供某种好处的求情者，以免最后既得罪人，又让先前获取的好处从手中飞走。许多人觉得求大人物写封推荐信并不难，但如果信中没有足够的推荐理由，就会损害写信人的声望。那些有求必应、大包大揽的以此为生的人最为可恨，因为他们无疑是损害公共事业的毒药和瘟疫。

（1597 年作，1625 年扩充。）

五十　谈学养

学养有3大用处：助娱乐、添文采和长才干。闭门独处时最能助娱乐，高谈阔论时最能添文采，判断理事时最能长才干。——处理、判断具体专门的事务，有一技之长即可，但说到总体规划、全面运作，则必须博学多才。

在学养上花费太多的时间，多是偷懒的表现；在学养上过于引经据典，则是矫揉造作的表现；判断理事全凭学养的标准，则是学究的怪癖。天赋的完善可借助学养，而学养的完善则可借助经验；因为天赋好像自然生长的草木，不经学养修剪就不美观；而学养的指示又常常过于散乱，不经经验规范就不成体系。天性伶俐的人鄙薄学养，头脑简单的人惊奇学养，惟有智者运用学养。因为学养并不向人们传授其用法，而需要人们在学养之外、学养之上去留心观察，才能获得运用的智慧。

读书时不可一味地否定、批判，也不要一味地相信、追捧，更不要一味地寻章摘句，而要仔细推敲研究。读有些书适合浅尝辄止，读有些书适合囫囵吞枣，读少数一些书则要细细咀嚼，慢慢消化。换言之，有些书读某些章节即可，有些书大概浏览一番即可，只有少数一些书需要通读、勤读、细读。有些书可以找人代读，看看人家做的摘要即可，但这只适用于主题不太重要和品位低俗的书籍，因为浓缩过的书往往像蒸馏水一般淡而无味。阅读可让人充实，讨论能让人敏锐，笔记可使人严谨。因此，如果一个人不做笔记，就必须在记忆上有优势；如果一个人不爱讨论，就必须在感觉的敏锐性上有优势；如果一个人不爱读书，就必须在随机应变的能力上有优势，以便显不知为有知。

学习历史让人明智，学习诗歌让人韶秀，学习数学让人缜密，学习科学让人深沉，学习伦理学让人庄重，学习逻辑修辞学让人善辩；就如古人所说："学皆成性。"此外，人们通过适当的学养还能根治神智上的障碍，就好像身体上的疾病，都能通过相应的运动来治愈。比如，滚球对睾肾有益，射箭对胸肺有益，漫步对肠胃有益，骑马对头脑有益，等等。所以，如果一个人很难集中精神，就应该让他去研究数学，因为数学演算证明时稍一分心，就不得不从头再来。如果一个人缺乏辨别判断的能力，那就让他去研究经院哲学，因为经院哲学家个个善于剖毫析芒。如果一个人做不到博闻强记、触类旁通，也不擅长由此及彼的论证，那就让他去阅读律师的案例。这样一来，所有心智上的缺陷都能有对治的良药。

（1597 年作，1625 年扩充。）

五十一　谈党派

许多人都持有一种不太高明的见解，认为对君王和政府要员来说，在治国理事时最主要的就是照顾各党各派的利益，其实不然。实际上最好的办法是：在处理符合国家利益的大事时，要使各党各派一致同意；在处理非具体的事务时，则要看人下菜碟，只看其本身的能力而非其所属的党派。但我的意思并不是：党派问题就可以不考虑了。地位低下的人要想往上爬，必须要依附党派，但大权在握的人最好不偏不倚，保持中立。初入仕途的人虽然不得不依附党派，但最好依附一个最能跟其他党派通融的党派，做到有利有节，才能官运亨通。

地位低下、势力单薄的党派大多能紧抱成团，自古就不乏温和的多数派被坚决的少数派搞得焦头烂额的例子。

如果一个党派在党争中被消灭，剩下的一派也将面临分裂。卢卡拉斯曾和元老院贵族结成一党（被称为“贵族党”），以便和庞培与恺撒的党派相抗衡，但当贵族这一党派被打垮后，恺撒和庞培的结盟也很快破裂了。安东尼与屋大维·恺撒也曾在一段时间里结盟，以对付布鲁图和卡西乌，但一击败布鲁图和卡西乌，安东尼和屋大维就各自为政、相互敌对了。这些例子都是战争时的结盟，其实私下结党的例子也和这差不多。因此，一个党派分裂后，党派中处于次要地位的人往往成为新生党派的首脑，但也常常变得毫无用处而被人抛弃，因为许多人的长处就在于谋划对立，一旦没有了对手，他的存在价值也就消失了。

这样的情况屡见不鲜：人们一旦借助党派得了势，就开始拉拢该党派的反对派，这些人多半以为他们已经牢牢掌握住了从原来的党派获取的好处，因此现在该准备从新的地方捞取好处了。叛党分子之所以容易捞到好处，是因为当双方的党派斗争相持不下时，只要能让对方的人倒戈就能加大这边获胜的砝码，所以大家才会对他心存感激。在两党中保持中立的人并不都是追求中庸之道的人，有些人其实是出于自身利益的考虑，想达到“鹬蚌相争渔翁得利”的目的。在意大利，人们就对教皇们老挂在嘴上的“众人之父”这个字眼有所怀疑，认为它的潜在之意是：一个人想把一切的成就都归功于自己的伟大才干。

君王要注意保持不偏不倚，不要偏袒、加入某个党派，这会对王权构成极大的威胁。因为党派会要求每个成员尽一项义务，这项义务会高于对君王应尽的义务，而且使君王“似乎成为我们当中的一员”，法国的神圣同盟就是这种情况。党争愈演愈烈，甚嚣尘上，往往是君王软弱的象征，这会损害君王的权威和国家大业。君王之下的党派活动应像天文学家说的小行星的运转一样，它们虽然能自转，但在公转时仍然要受“初始动力”这种更高的运转的支配。

（1597 年作，1625 年大幅扩充。）

五十二　谈礼貌

凡是有真才实学的人，必须要有过人的才德，就好像镶嵌时无须装饰衬托的宝石，一定要十分名贵。只要一个人稍加留意，就会发现世人博得好名声的情况跟生财取利的情况差不多。俗话说得好："小利可以生大财。"因为小利可常得，大利却难得一见。同样的道理，小事情会赢得大赞许，也是因为小事常有，所以容易引起人们的注意，而施展大才大德的机会却像过节一样稀少。由此可见，举止得体可为一个人的声望增光添彩，就像伊莎贝拉女王[1]说的：举止优雅是一封永不过时的推荐信。

要做到举止得体，只要你不轻视它就足矣，因为这样你就会观察别人的举止，其余的就要看你自己的悟性了，如果你处心积虑地表现自己，反而显不出举止的优美，因为优美应当是自然而然、不矫揉造作的。有些人的举止就如同一首每个音节都经过推敲的诗，可一个在细节上斤斤计较的人，怎么能在大事上有担当呢？完全不讲究礼貌，无异于让别人不要对你讲礼貌，或是让别人不要尊重你。面对陌生人和讲究礼仪的人时，尤其是不要忽视礼貌。然而过分强调礼貌，把礼貌看得高于一切，不仅显得乏味可笑，而且会减少人们对说话人的信任。不可否认，礼貌中自有一种效果极佳且令人印象深的表达方法，如能找到，那必将有十分出色的效果。

人在同伴中间往往会受到亲密无间的对待，因此还是持重一点为好。人在下属中间往往会受到敬重，因此表现得随和一些为好。如果一个人不分场合地使用同一种礼貌，就很容易惹得别人腻味，就使自己显得十分庸俗。对别人特别礼貌固然值得称道，但前提是要表明这样做是出于对别人的关心，而不是为了谋取自己的利益。在附和他人的时候，最好加上一点自己的见解：如果你同意他的观点，应加上一点自己的不同看法；如果你拥护他的动议，最好附加一点先决条件；如果你赞同他的提议，不妨提一提赞同的理由。

一个人要注意避免成为马屁精，因为不管他在其他方面表现得多么能干，嫉妒他的人也会说他只擅长溜须拍马，并极力贬低他的才德。还要注意别在做事时过于惟命是从或过分计较时间场合。所罗门曾说：“看风的人难以撒种，望云的人难以收割。”聪明人更擅长创造机会而不是寻找机会。人的举止应当像服饰着装，太紧、太精确恰当都不可取，而应宽松一点，以便行动自如。

（1597 年作，1625 年扩充。）

【注释】

〔1〕伊莎贝拉女王（1451—1504），是卡斯蒂利亚王国女王、阿拉贡王国王后，与其夫阿拉贡王国国王斐迪南实行联合统治，使两国合并，为统一西班牙奠定基础，曾资助哥伦布横渡大西洋，促使拉丁美洲被发现。

五十三　谈赞扬

赞扬不仅是一个人才德的反映，也是能令一个人反思的镜子。如果是来自凡夫俗子的赞扬，那一般是虚假无用的，因为他们赞扬的对象大多是徒有虚名的人，而并非真有才德的人。因为凡夫俗子往往不知道什么是大才大德：他们总是对最低级的才德赞不绝口，总是对中等的才德惊讶称奇，却对最高尚的才德浑然不觉，只有假模假样、矫揉造作的才德才会受到他们的追捧。由此可见，声名就好像一条河，轻而虚者漂浮在河面，重而实者沉匿在水底。然而，假如是来自出身高贵、见识不凡之人的交口称赞，那就像是《圣经》中说的："美名有如香膏。"它香气四溢，久久不散，因为香膏的芬芳比花卉的芬芳更能持久。

赞扬中包含许多虚假成分，人们因此对它持怀疑态度，是理所当然的。有些赞扬是纯粹的吹捧，如果他的吹捧功力一般，那他的吹捧就会像人人皆宜的高帽一样。如果他是一个狡猾的吹捧者，那他就要效法吹捧大王，也就是吹捧一个人的自我了：一个人自觉自己在某个方面最为出色，吹捧者就抓住这一点对其极尽吹捧之能事。如果他是一个厚颜无耻、喜欢溜须拍马的吹捧者，他就会找到一个人最自惭形秽的方面，然后将其缺陷歪曲成优点，搞得被吹捧的人都觉得良心不安，受之有愧。出于好意和敬重去赞美他人，那是对君王和伟人应有的一种礼貌，这是“以赞扬开导”，因为赞扬君王和伟人的做法，其实就是在告诉人们要效仿他们的做法。有些人表面看受到许多赞扬，其实这些赞扬大多饱含恶意，想要借此激起别人对他们的嫉妒之心，因此俗话说：“谄媚之徒是最可怕的敌人。”希腊人还有句谚语说得更妙：“谁收到恶意的称赞，谁的鼻子上就要生疹子。”我们也常说：“一个人说谎，舌头上就要起疱。”不可否认，有益的赞扬要适度、适时且不俗气。所罗门曾说：“清晨起来就大肆称赞朋友，无异于在诅咒朋友。”对人或事过分赞扬，是挑起矛盾、招致嫉妒和轻蔑的一大原因。

除个别的情况外，夸耀自我都是不得体的，不过如果一个人称赞自己的职务和职业，倒可以显得体面大度。罗马的红衣主教都是神学家、托钵修会修士、经院哲学家，因此极其鄙薄社会事务，将战争、外交、司法这类世俗工作统统称为“Sbirrerie”，也就是“副官事务”，好像这些事只不过是副官和助理的事务一样，尽管和他们的高超的思辨相比，这些“副官事务”往往要更有裨益。圣保罗在夸耀自己的时候，常常说“恕我妄言”，但在谈及自己的职业时，却说：“我要赞美我的职位。”

（1612 年作，1625 年扩充。）

五十四　谈虚荣

伊索有则寓言的构思实在美妙——停落在战车的轮轴上的苍蝇说：“我扬起了多么大的尘土啊！”有些爱慕虚荣的人也是如此，无论什么事情有了进展，不管是自行产生的进展，还是由其他更大的动因驱动的进展，只要和他们沾上一点边，他们就认为自己是促成进展的原因。爱慕虚荣的人一定热衷于党派斗争，因为自我夸耀总要依赖比较。要大吹大擂必然要言行激烈；这种人也做不到保密，因此往往成事不足，败事有余；用法国的谚语来说，就是“声音大，成果小”。

不过，爱慕虚荣的个性倒对政治事务有一点用处，如要为某个政治人物制造一种大才大德的好名声，这些人就是很好的吹鼓手。而且，正如李维在谈及安条克三世[1]和埃特利亚人结盟时所说的那样，有时候互相矛盾的谎言，会有意想不到的效果。比如，一个人分别游说两个君主，以引诱他们结成联盟对付第三方时，就会竭力向一方夸大另一方的声势；有时候一个人在两个人之间斡旋，就会向一方吹嘘他在另一方的影响，从而提升这两个人对自己的看重。在诸如此类的事件中，夸大其词往往能产生无中生有的奇效，因为谎言足以诱发信念，信念可以带来实质性的结果。

对军官和士兵来说，虚荣心也是不可或缺的东西，就像剑与剑的碰撞可以让剑更锋利，虚荣心与虚荣心的碰撞也能激发巨大的勇气。在开创代价大、风险大的事业时，适当选用一些虚荣心强的人，确实能让事业富有活力，而生性稳重、头脑清醒的人则适合担当压舱物的角色，而不是担当风帆的角色。关于学者的声名，如果没有几根值得炫耀的羽毛，就难以名扬天下。“即便是那些写书贬斥虚荣的人，也没忘记在书的扉页上加上自己的名字。”就连苏格拉底、亚里士多德和盖伦[2]都爱显扬自己的才名。不可否认，虚荣确实对一个人青史留名大有帮助；而才德的显现从来不完全是人性的功能，而是要靠虚荣这样的其他方式才能得以显现。西塞罗、塞内加、小普林尼之所以能名扬千古，也有他们自己虚荣心的一部分功劳。虚荣心就像天花板上的油漆，有了它就能让屋子熠熠生辉，而且效果持久。

不过我在这儿谈的虚荣，并不是指塔西佗所说的穆西亚努斯[3]的品质："他有一种能很好地突显自己的一切言行的本领。"因为这种品质并非出自虚荣心理，而是出自天生的豁达与见识；甚至在某些人身上出现时，还会显得得体而优雅。如果把控好道歉、谦让、谦虚的尺度，其实它们也就成了炫耀之术。而在这些技术中，小普林尼说的那一种技术最为高明：如果你擅长的东西，别人也正好擅长，那就不妨尽情地赞扬他，因为小普林尼精辟地说过："你赞扬别人的时候，其实是在给自己做好事，因为你所赞扬的人在你所赞扬的方面，不是优于你，就是劣于你。如果他劣于你，但他又确实值得赞扬，那你自然就更值得赞扬了；如果他优于你，但又确实没什么值得赞扬的地方，那你就更没有什么值得赞扬的地方了。"

虚荣的人是智者所鄙视的，是愚人所钦羡的，是寄生者所崇拜的，同时也是他们口中夸耀之词的奴隶。

(1612 年作。)

【注释】

〔1〕安条克三世（前 241 年—前 187），是叙利亚国王（公元前 233 年—公元前 187 年在位），野心勃勃，在粉碎了国内的分裂叛变后，致力于扩张，先发动了第四次叙利亚战争，但在拉菲亚为埃及人所败，随后又发动著名的东进战役，一直打到印度河边。

随后又打败埃及人，但与罗马人发生冲突，并听信谗言入侵希腊，最终被罗马人赶出，也自此丧失了其在地中海的权威。

〔2〕盖伦（129—199），古罗马时期最有名的医师、生理学家和哲学家之一，一生专心致力于医疗实践解剖研究，撰写了超过500部的医书，并根据古希腊体液说提出了人格类型的概念，主要作品有《气质》《本能》《关于自然科学的三篇论文》。

〔3〕穆西亚努斯，是古罗马著名的将领和修辞学家，生活在奥托皇帝（32—69）和维特利乌斯皇帝（15—69）时代。

五十五　谈荣誉和名声

荣誉的获得，不过是让一个人的才德与价值原原本本地显露出来，因为有的人做事的全部动机都是荣誉和名声，但这种人虽常常被别人口头议论，却很少获得人们心里真正的佩服。有的人则恰恰相反，他们竭力遮掩自己的才德，以免外泄，所以常常被人们低估。

如果一个人做一件前所未有的事，或者做前人有所尝试但半途而废的事，或者做前人尝试成功却不够完善的事；而另外一个人跟随前人的步伐完成了一件难度更大或功效更好的事，两相比较，前者应当赢得更多的荣誉。如果一个人能让自己的行动得到充分的调和，以致使用其中某个行动就能让各种各样的人都觉得满意，那称赞他的歌声就会更响亮了。一个人如果去做一件办砸了会臭名远扬而办成了却风光无限的事，那他就是一个不懂珍惜自己荣誉的人。在比较竞争中赢得的荣誉就如同切割成多面体的宝石，光彩最为夺目。所以一个人应以努力战胜有声望的竞争对手为乐，在可能的范围内，最好在他们最出色的那一方面能战胜他们。谨言慎行的随从和仆人对助长主人名声大噪十分有利，毕竟俗话说得好："主人的名声都出自家仆。"嫉妒是荣誉的溃疡，要想彻底根除它，唯一的办法就是宣称自己的本意在于建功而非出名，并认为是神的帮助或幸运促成了自己的成功，而不是自己的才德和策略。

君王的荣誉等级分为：第一等荣誉——"开国之君"，罗穆卢斯、居鲁士[1]、恺撒、奥斯曼[2]、伊斯梅尔就是很好的例子。第二等荣誉——"立法之君"，或称第二开国君王、"万世之君"，因为他们制定的法令在他们死后仍继续治理着国家，莱克格斯[3]、梭伦、查士丁尼[4]、埃德加[5]和制定《七章法典》的英明的卡斯蒂利亚王阿方索[6]就是很好的例子。第三等荣誉——"解放之君"，或称"保国之君"，是指那些将人们从长期的内战苦难生活中解救出来的君王，或者是将国家从异族或暴君的奴役下解救出来的君王，奥古斯都·恺撒、韦斯巴芗、奥雷连[7]、狄奥多里克[8]、英王亨利七世、法王亨利四世就是很好的例子。第四等荣誉——"扩国君"，或称"卫国君"，是指那些通过光荣的战争扩张领土或抵御外敌入侵的君王。最末一等荣誉——"国父"，是指那些治国有道，使得人们在他的统治下安居乐道的君王。应得最后两等荣誉的君王实在太多，因此就不在此一一列举了。

臣民的荣誉等级分为：第一等荣誉——“为主分忧之臣”，就是指那些受到君王重用的人，常被人们称为君王的“右手”。第二等荣誉——“战将”，是指那些伟大的统帅、辅佐君王立下赫赫战功的人。第三等荣誉——“宠臣”，是指那些深受君王宠信但不损害民众利益的人。第四等荣誉——“能臣”，是指那些在君王之下身居高位且政绩格外出色的人。

还有一种荣誉，可列入最高荣誉的行列，但是十分少见，那就是能为了国家的利益而冒死奔走、慷慨捐躯的人，雷古卢斯[9]和德西乌斯父子[10]就是最好的例子。

（1957 年作，1612 年删除，1625 年重印。）

【注释】

〔1〕居鲁士（前 599—前 530），波斯阿契美尼德王朝开国君主，从伊朗西南部的一个小首领起家，统一了大部分的古中东，建立了从印度到地中海的大帝国。

〔2〕奥斯曼（1258—约 1326），是奥斯曼帝国的创建者，他的名字成为土耳其帝国的国号延续了 600 多年。

〔3〕莱克格斯（前 9 世纪—前 8 世纪），据说是公元前 9 世纪斯巴达的法典制定者。

〔4〕查士丁尼（483—565），是东罗马帝国（拜占庭帝国）皇帝，主持编纂了《查士丁尼法典》。

〔5〕埃德加（？—975），是英格兰撒克逊系第12代国王（公元959年—公元975年在位），是英格兰的第一位立法者。

〔6〕阿方索十世（1221—1284），是卡斯蒂利亚王国国王，卡斯蒂利亚王国是11—15世纪时伊比利亚半岛中部卡斯蒂利亚地区的封建王国，阿方索十世在位时主持编撰了著名的《卡斯蒂利亚法典》，又称为《七章法典》。

〔7〕奥雷连（215？—275），是古罗马帝国皇帝（公元270年—公元275年在位），使罗马帝国重新统一起来，征服巴尔米拉，因此赢得了“世界光复者”的称号。

〔8〕狄奥多里克（455—526），是意大利东哥特王国的创建者，本人虽信奉阿里乌斯异教派，却能宽容、公正地看待臣民中的天主教徒。

〔9〕雷古卢斯（？—前250），是古罗马将军、执政官（公元前267年—公元前256年任职），在第一次布匿战争中被迦太基人生擒，后随迦太基使团赴罗马议和，劝告元老院拒绝接受敌方条件，回迦太基后被折磨致死。

〔10〕父子都叫德西乌斯，都是古罗马执政官，父亲战死在公元前341年罗马对萨莫奈人的战争中，儿子战死在公元前295年罗马对高卢人的战争中。

五十六　谈司法

法官需牢记，他们的职责是 jus dicere（司法），而不是 jus dare（立法），也就是说，他们只拥有解释法律的权力，而没有制定法律或颁布法律的权力。否则，法官手中的司法权就会像罗马教会声称所拥有的那种权力：罗马教会借口要解释《圣经》，从而对法律法规肆意添加篡改，甚至宣布一些从《圣经》中找不到依据的法律法规，批着博古的外衣，实际上却在推行新的法律法规。法官应做到博学多识，而不是足智多谋；应做到众望所归，而不是哗众取宠；应做到严谨慎重，而不是刚愎自用。最重要的是，刚正不阿应是他们的固有本性和美德。律法说："谁挪移地界，谁就一定会受到诅咒。"挪移界石当然应该受到惩罚，但如果法官在判定地产界限时不公正，那他就是挪移界石的主犯。一次错判的危害要大过多次犯案的危害，因为后者只不过是弄脏了河水，而前者却是弄脏了水源，所以所罗门曾说：“姑息恶人的义人，就好比是蹬浑之泉、弄浊之井。”

法官的职责需要涉及的有：诉讼双方、双方的辩护律师、法官手下的司法官员、法官上面的君王和国家。

第一，我们首先谈谈法官与诉讼的案件或诉讼双方的关系。《圣经》上说：“有的人使公平变为苦艾。”实际上还有人使公平变成了酸醋，因为法官偏袒徇私会使审判变苦，法官拖延耽搁则会使审判变酸。消灭暴行和欺诈是法官的主要责任，因为暴力在明火执仗时的危害更大，而欺诈在秘密伪装时更为险恶。此外，对于那些因鸡毛蒜皮的小事而争执不休的口舌官司，应当视作妨碍法庭公务的事而拒绝处理。为了能作出公正的判决，法官应当事先为自己铺平道路，就像上帝填沟削山为自己铺平道路那样。所以如果有一方在诉讼中嚣张跋扈，栽赃诬告、使奸耍滑、合谋串供、借助有权有势的靠山或精干强悍的知名律师，法官如果能在这种情况下使不平化为公平，才能真正显示出他的才能和德行，才能不偏不倚地作出真正公平的判决。“扭鼻子必出血”，葡萄压榨机用力过猛就会让酒的味道变得苦涩，那种苦涩来自葡萄的籽。因此法官一定要小心谨慎，在解释法律时不要强词夺理，在推理论断时不要牵强附会，因为没有比曲解法律更为恶劣的曲解了。尤其是在解释刑法时，法官们一定要小心，千万不要把旨在以儆效尤的东西变为严刑峻法，别让《圣经》中提到的那种“网罗之雨”降落到百姓的头上，因为滥施刑法就等于向百姓洒落“网罗之雨”。所以如果刑法长期没有被运用，或者不合当前的民生国情，明智的法官就应限制它的施行。

既考虑事实本身，也要考虑事实所处的环境，这就是法官的职责。在处理人命官司时，法官在公正执法的同时，也要在法律允许的范围内适当慈悲为怀，也就是要用严厉的眼光看事，但同时用慈悲的目光看人。

第二，我们其次来谈谈法官与控辩双方的律师的关系。耐心、严肃地听取律师的陈述，是法官的一项基本素质，一个多嘴多舌的法官无异于一个聒噪的铙钹。法官预先打听那些会在法庭上由律师陈述的事情，或是为了显示自己的敏察而过早地打断证词或律师的陈述，或是用问题（即便问的是与案件有关的问题）使律师不得不提前披露所掌握的情况，都是不得体的表现。法官审案的职责有4项：一，指示律师向证人取证；二，节制冗长、重复或与案情无关的陈述；三，总结、甄选、核实对定案有决定性影响的陈述要点；四，作出裁决或判决。若法官的行为超出了上述职责，就是越轨的表现，而原因大多是：好表现自己，多嘴多舌，缺乏听取申诉的耐心，健忘，有时注意力不够集中，等等。让人吃惊的是，我们常常看到法官竟然会被律师的咄咄逼人左右。要知道，法官应当效法上帝，因为他们就坐在上帝的审判席上，而上帝恰恰是“摈斥倨傲者而对谦恭者施恩”。然而更让人惊讶的是，法官竟然会青睐一些声名远扬名闻遐迩的律师，这就不免有哄抬律师身价的嫌疑，还有招致邪门歪道之嫌。如果法官是因为律师取证充分、辩护得体，所以给予表扬，倒也无可厚非，尤其是当法官表扬的是败诉一方的律师时，这样有利于维持律师在他的委托人心目中的名望，而且能打消委托人自以为是、稳操胜券的念头。如果法官遇见的律师在诉讼中使奸耍滑，玩忽职守，陈述的问题不实，辩护中不是咄咄逼人就是强词夺理，那给予他适当的批评，也是理所当然的。法官要注意避免律师在法庭上跟自己唇枪舌战，还要注意避免律师在自己作出判决后又无所顾忌地重提此案。话又说回来，法官在处理案件时也不要折中妥协，不要给控辩双方的任何一方落下口实，以免说法官没有听取他的辩护人的意见或者证人证词。

第三，我们再来谈谈法官和书记员、办事员之间的关系。法院是一个神圣之所，因此不仅法官的座席不容玷污，就连放置法官座席的台子、办事员侍立的地方、法官席前面的空地，也要保持洁净，不让丑闻腐败有容身的机会，因为《圣经》上说：“荆棘或蒺藜丛中是摘不到葡萄的。”如果法院的办事员搜刮盘剥成性，那法院就成了荆棘丛，司法也就结不出甜美的果实。办事员中最常见的恶行有 4 种：第一种恶行，是办事员专门在背后煽风点火鼓动人们打官司，最终导致法院急剧膨胀，而国家财力却被榨干；第二种恶行，是办事员把法院拖进权限之争中，对法院来说，这种人其实不是朋友，而是蠹虫，因为他们为了谋取一丁点私利，就胆敢大肆鼓吹法院的职权，尤其是鼓吹那些超出他的权限；第三种恶行，是身为“法院的左手”的办事员阴险狡诈、诡计多端，会扭曲法院的职权，让司法走上歪门邪道或误入迷途；第四种恶行，是办事员勒索诉讼费。人们常常把法院比作灌木丛，羊本是为了躲避狂风暴雨才跑进灌木丛去，却被灌木丛搜刮下一些羊毛，由此可见，这种比喻并非无稽之谈。另外，如果一名办事员精通惯例，办事谨慎，并深知法院的职责所在，就能成为法院的一把好手，往往能成为为法官指点迷津的人。

第四，我们最后来谈谈法官与君王、国家的关系。法官首先要牢记《罗马十二铜表法》[1]的最后一条：“人民的安全才是最高的法律。”[2]而且法官要明白，如果法律不是以人民的安全为目标，那法律就不过是一个刁难人的工具，是没有获得神灵启示的神谕。因此国家的一大幸事就是：君王、政府常常与法官协商，而法官也常常与君王、政府协商。前者出现的时机应是法律事务牵涉国家事务的时候，后者出现的时机应是国家事务牵涉法律事务的时候。因为很多时候引起诉讼争端的事情虽是个体之间的私事，而判决的前因和结果却可能会涉及国家事务。我所说的国家事务，不仅仅是指事关君权的事务，而是指能引起任何重大变革和危险先例的事情，或是会对大部分民众产生巨大影响的事情。而且任何人都不能轻率地认为公正的法律和切实的政策是背道而驰的，因为这两者就如同人体的精神与筋肉，是相辅而行的。法官还要时刻谨记，为所罗门抬起宝座的，是两只狮子。法官应做一只狮子，但必须是抬着宝座的狮子，要小心谨慎，以免妨碍到君王对君权的行使。法官也不能对自己手中的权力缺乏了解，以致于都不知道他们的主要职责就是明智地运用法律。他们或许记得：使徒圣保罗在说到一种比他们的法律更大的法时，曾说过一句话：“我们知道律法原是好的，只要司法者能使用得当。”

（1612 年作。）

【注释】

〔1〕也称为十二表法，是古罗马国家立法的纪念碑，也是古罗马共和国时代制定的最早的成文法典，对奴隶主私有制、家长制、继承、债务和刑法、诉讼程序等方面都作了规定，限制了贵族法官随心所欲地解释法律的权力。

〔2〕参见古罗马政治家西塞罗（前 106—前 43）的《论法律》第 3 章第 8 段。

五十七　谈愤怒

力争消灭愤怒，这只不过是斯多葛派大言不惭的空谈。世人其实早已获得更为高明的神示："有怒气就发泄出来，但不要因此去犯罪，不要让怒气到日落时还存在。"我们必须从程度和时间两个方面来限制愤怒。我们首先谈谈如何才能缓和发怒的性情和习惯；其次再谈谈怎样在怒火中烧时平息怒气，或者至少不要让怒气引发严重的后果；最后再谈谈怎样才能激发或熄灭别人的怒火。

关于第一点，唯一的办法就是仔细考虑发怒的后果、它会给生活带来怎样的困扰，其他方法都不管用。这样做的最好时机，就是当怒气完全平息后，仔细回想一下当时发怒的情况。塞内加曾精辟地说道："怒气就好像坍塌的房屋，它倒下的地方总是一片废墟。"《圣经》也规劝世人："你们只要多加忍耐，就能保全你们的灵魂。”谁失去忍耐，谁就失去了灵魂。人千万不要变成蜜蜂，为了那愤怒的一蜇而断送自己的性命[1]。不可否认，愤怒是一种低劣可鄙的情绪，因为它总是在它所主宰的臣民——妇孺老病者的弱点中出现。人一定要注意一点，就是在怒气攻心时宁可表示鄙夷，也不要表示恐惧，这样才不至于被自己的愤怒严重伤害。其实一个人要做到这一点并不难，只要他有很好的自制力。

关于第二点，发怒主要有3个原因和动机：首先，对伤害太过敏感，因为如果一个人感觉不到自己受到伤害，就不会发怒，因此经常发怒的人大多脆弱敏感，他们总是有很多烦心事儿，而这些事情往往是性格坚强一点的人感觉不到的。其次，觉察和意识到在这种情况下受到的伤害中充满了轻蔑，轻蔑无异于在怒火上浇油，由此引发的恶果和伤害差不多，甚至还要严重一些，因此，一个人如果敏于发现轻蔑的因素，就会经常动怒。最后，是最能激起人们的熊熊怒火的原因，就是觉得别人在揭自己人格上的缺陷，对此的根治方法是，就像贡萨尔沃[2]常说的那样：一个人应当“为荣誉构建一个更坚固的防护层”。虽然压制愤怒的方法五花八门，但最好的压制方法还是赢得时间，让自己相信这还不是最好的报复时机，毕竟“君子报仇，十年不晚”，目前最好还是平心静气，静待报复时机的到来。

一个人虽然怒火中烧，但为了不导致严重的后果，一定要格外注意两点，一点是不要恶语伤人，尤其在言辞上不要太尖酸刻薄、直击要害（谩骂倒不要紧）；此外，一个人怒火中烧时千万不要揭人的老底，因为这样会损伤对方在社会的公信度。另一点是千万不要在怒火中烧时撇下自己的职责，不管如何发泄你的怒气，都绝不能干出任何无法挽回的事情来。

至于要激起别人的怒火，关键在于选对时机，就要趁别人最急躁或情绪最糟糕的时候激怒他们，或是想方设法搜集前文所说的那些材料来增强轻蔑。熄灭别人怒火的两种办法则刚好与之相反：首先，如果你要对别人说一件会激他发怒的事情时，一定要选在他心情好或情绪平和的时候，因为第一感觉至关重要；其次，就是竭尽所能地表明造成的伤害并无一丝一毫的轻蔑之意，而是误会、恐惧、冲动或随便什么原因所致。

（1625 年作。）

【注释】

〔1〕参见维吉尔《农事诗》第 4 节第 238 行。原文为拉丁文。

〔2〕贡萨尔沃（1453—1515），是西班牙著名的将领，外号“大将军”，在国王斐迪南和伊莎贝拉对摩尔人的战争中战功赫赫，攻克了格拉纳达。

五十八　谈事变

所罗门曾说：“世上并无新事。”就像柏拉图有一种见解：“一切知识都不过是回忆而已。”[1]所罗门也认为“一切新事都是遗忘的东西”。由此可见，忘川[2]不仅流淌在冥界，也流淌在人世。有一位深奥的占星学家[3]曾这样说道：“天地间只有两件事是恒久不变的（一件是恒星，它们相互间永远保持固定的距离，既不靠近，也不远离；另一件是永远守时的周日运动[4]），除此之外，万事万物都如同电光石火，转瞬即逝。”毋庸置疑，万事万物都在不断变化，永不停止。世上也有能将一切埋进遗忘之中的大裹尸布，即洪水和地震。至于大火与大旱，它们虽能造成破坏，却无法让人类灭绝。法厄同的太阳车仅仅跑了 1 天[5]，以利亚时代的大旱虽持续了 3 年，但只发生在个别地区，因此人类还是得以存活了下来。在西印度，尽管由雷电引起的大火屡见不鲜，但损伤的范围毕竟有限。然而在洪水和地震造成的毁灭中，有一点特别需要注意，那就是在这两种毁灭中幸存下来的人一般都是茫然无知的山民，他们无法描述以往的情况，所有以前的一切都被遗忘，好像没有一个人能幸存下来似的。如果你对西印度的人民进行一番深入的研究，你会发现：和旧大陆的各民族相比，他们很有可能是一批更新或者更年轻的民族，更有可能的是，西印度[6]曾遭遇的并非由地震造成的毁灭（尽管埃及僧侣告诉梭伦说，大西岛是消失于一场地震中[7]），而是一场浩大的洪水造成的毁灭，因为那个区域很少发生地震，可是那里却有许多浩浩荡荡的大河，和那些大河相较，亚非欧三洲的河川就只不过是涓涓细流。此外，他们的安第斯山之类的山脉的高度也远远超过我们的山脉。由此推断，西印度人应是在洪水中借助高山峻岭幸存下来的人的后代。

马基雅维利[8]则认为，宗教各派系之间的争斗是人类的前尘往事被遗忘的主要原因（他曾诽谤教皇格列高利一世[9]，说他想方设法地消灭异教徒的一切古迹文物）。但我不认为宗教狂热能起这么大的作用，能维持这么长的时间，因为格列高利一世后面的萨比尼安[10]一登上教皇的位置，就着力恢复了原来的古迹文物。

我们在这里不宜讨论天体的变化。如果世界能延续人们想像的那么久，柏拉图的“大年”[11]也许会起点作用，不过其作用不在于让某个具体的人死而复生（因为这不过是那些认为天体对下界的影响其实比实际上更为准确的人的痴心妄想），而是让整个天体发生彻底变革。不可否认，彗星会对事物的总体产生一定的作用和影响，但人们也只是仰望、观察它们的运行轨道，还无法明察它们的影响，尤其是它们对各个方面的具体影响，即通过观察彗星的形状、大小、颜色、光芒特点、在天空中所处的位置、持续时间的长短，来发现彗星所产生的影响。

我曾听说一种不甚紧要的说法，我希望它能引起大家的一些注意，而不是完全置若罔闻。在低地国家[12]（我不知道具体是哪个地方）据说流传着这样一种说法，每隔 35 年，就会出现同样的一套年景、天气，如严寒、淫雨、大旱、暖冬、凉夏等，当地民众称这种现象为“复初”。我之所以要提到这一件事情，是因为回顾过去的事情，我发现情况的确有符合之处。

不过我们还是别管什么天象，只谈谈人事的变迁吧。宗教派别的变迁其实就是人事的最大变迁，因为宗教对人心的主宰就如同轨道对行星的支配。真正的宗教是建立在磐石上的[13]，其余的则在时间的浪涛上颠簸。因此，下面我们说说新教派的起因，提一点有关的建议，以尽人类绵薄的判断之力来阻止如此伟大的变革。

当一个原来被人们广泛接受的宗教因内讧而分崩离析的时候，当神圣的教士开始道德败坏、丑闻层出不穷的时候，而且这些事情又都发生在一个世风愚昧野蛮的时代，如果这时有一个张扬诡异的人站出来倡导一种新的宗教观点，你就能预料到：一个新教派即将崛起了。当年穆罕默德就是在上述那样的时代背景下宣布了新的伊斯兰教律法。如果一个新教派不具备以下两种特性，那世人就无须惧怕它，因为它无法被广为传播开：一种特性是根除或反对现有的权威——因为这是最能赢得民心的做法了；另一种特性是允许人们纵情享乐，过花天酒地的生活。因为异端邪说（如古时的阿里乌派[14]和如今的阿明尼乌派[15]）虽然能极大地蛊惑人心，但无法引起国家的重大变革，当然，如有能借助的政治事件则例外。

新宗派的崛起有3种方法：第一种是借助神兆和奇迹的力量；第二种是依赖慷慨激昂的演讲和高明的规劝；第三种是借助刀剑的力量。至于殉道，我认为它应当属于奇迹的力量，因为它似乎超越了人性的力量。我认为高超绝伦、令人赞叹的圣洁生活也属于奇迹的力量。

要想阻止新教派的兴起，最好的办法就是：改良陈规陋习；调和小的分歧争端；采取怀柔政策，放弃血腥镇压；对新教派的领头人进行招安，从内部瓦解他们，而不能用暴烈毒辣的手段去激起他们的愤怒和仇视。

战争中的形势可谓千变万化，不知穷极，但变化主要表现在3个方面：一是战争的地点，二是使用的武器，三是运用的战略战术。古代的战争似乎大多是由东向西，因为作为侵略者的波斯人、亚述人、阿拉伯人、鞑靼人都是位居东方的民族。不可否认，高卢人是位居西方的民族，但我们从史书上只能知道他们的两次侵犯，一次是侵犯加拉太[16]，另一次是进犯罗马。不过并没有明确的分界线来划分东方和西方，所以也不好确定战争的方向是从东到西，还是从西到东。不过南北却是固定的，我们很少甚至从来没有看到过南方的民族侵犯北方的民族，但北方的民族却屡屡侵犯南方的民族。由此可见，世界的北方地区天生就是一个尚武之地。这或许与北半球的星座有关，或是与北方都是广阔的陆地有关，而据我所知，南方几乎全是汪洋大海。要不然就是那个更显而易见的原因，即与北方的寒冷气候有关，身处这种气候下的人即使不加训练，也能自然而然地变得体格强壮、勇猛刚烈。

一个强大的国家或帝国到了分崩离析、风雨飘摇的时候，就是即将爆发战争的时候，因为庞大的帝国国富兵强时，总是要取消或削弱那些被他征服的各个民族、各个国家的武装力量，以便让他们完全依赖帝国兵力的保护，所以，一旦帝国走向衰微，帝国兵力所组成的防御系统也都土崩瓦解，自己也成了案板上的鱼肉，任人宰割。罗马帝国覆灭时的情景就是这样，查理大帝[17]之后的日耳曼帝国也是这样，每只鸟都夺得一片羽毛[18]，各自为政。西班牙一旦分裂，也势必会是同样的情形。国家的大扩张、大合并也是引发战争的一大原因，因为当一个国家势力过大时，它就会像洪水一样四处泛滥。罗马、土耳其、西班牙等国都曾有过这样的情况。注意，当世上的野蛮民族（除了没能掌握谋生的技能、不愿结婚生育的人之外）占很小的比例时（目前除了鞑靼以外，几乎世界各地的情况都是如此），就不存在人口泛滥的危险。然而如果一个民族已经人满为患，却还要不停地追求繁衍生息，而且不去筹划国计民生，那么这个民族每隔两代人，就要将一部分人迁往其他地方。对此类迁徙，古代的北方民族通常用抓阄的办法来决定，决定哪些人可以留在故土居住，哪些人应该出外闯荡。当一个尚武的国家变得孱弱时，也会招致战争，因为，这一类国家在武力上走下坡路的时候往往在经济上会变得十分富有，所以无异于别人眼中的一块肥肉，而他们在武力上的衰微又像是在鼓励别人发动战争。

至于武器的使用，几乎可以说是没什么规律可讲，然而我们还是能从中看出它们的变革和轮回，因为有一点可以肯定，那就是印度人在奥克西德拉克斯城使用大炮时，马其顿人[19]称它为雷电和魔法。而众所周知，中国使用大炮的历史已经有两千多年。武器的特性和变化趋势主要有这样几点：

一是射程远，因为这样才能既攻击了对方又减少了自身的危险，大炮和火枪就属于这种情况；二是火力大，在这一方面大炮的威力确实大大超过了所有的攻城槌和古代发明；三是使用方便，在各种气候条件下都能使用，而且携带方便、操作简单，等等。

说到战略战术的变化，起初人们完全依赖于军队的数量，并使得战争的胜利与否主要取决于士兵的力量和勇敢。那时候，他们习惯约定好一个时间，选好一个战斗的场地，在公平的战斗中一决胜负，完全不在乎什么排兵布阵。后来他们逐渐明白了兵贵在精而不在多的道理，便开始学着占据有利地形，诱敌深入，声东击西等，而且排兵布阵的能力也大有提升。

对于一个国家来说，其在青年时的武力最为昌盛；一到中年，学术就开始昌盛；然后度过一个文武共荣的时期；到了晚年武力没落的时候，工艺和商业就开始发达昌盛。学术的发展也有着自己幼稚的童年时代，到了青年时代便朝气蓬勃，进入壮年时期就厚积薄发，最后步入暮年就逐渐枯竭消亡。然而不要过多关注变迁的转轮，它会弄得我们头晕眼花。至于历史的变迁，那不过是故事的轮回而已，不适合放在这里讨论。

（1625 年作。）

【注释】

〔1〕参见古希腊哲学家柏拉图（前 427—前 347）的《对话集·斐多篇》。柏拉图认为人的灵魂是不朽的，而且人在降生尘世前属于一个自由而有知识的理念世界，但人降生尘世后因为灵魂被肉体禁锢，人就失去了自由和知识，就要通过某种具体事物将其在理念世界所拥有的一切回忆起来，这就是他的“回忆说”。

〔2〕指古希腊神话中冥府的一条河流，饮用这条河中的水就会忘却过去的一切事情。

〔3〕西方学者大多认为这里指的是意大利哲学家泰莱西奥(1509—1588)，因为泰莱西奥的《物性论》的第 1 卷第 10 章中有类似的学说，而且培根本人也十分推崇泰莱西奥，称其为“第一个现代人”。

〔4〕指的是天体在天球上每一恒星日内绕天轴由东向西旋转一周的运动，这其实就是地球由西向东绕轴自转的反映。

〔5〕法厄同是希腊神话中太阳神赫利俄斯之子，曾私自驾驶其父的太阳车狂奔，险些点燃整个世界，宙斯看到这个情景，用雷击毙了法厄同，才使世界免遭焚毁之难。

〔6〕当时人们将新发现的美洲大陆称为“西印度”。

〔7〕参见柏拉图的《对话集·蒂迈欧篇》，最先是一个埃及僧人告诉梭伦这件事，而大西岛是一个传说中的岛屿。

〔8〕尼可罗·马基雅维利（1469—1527），是意大利政治思想家和历史学家，在当时率先明显地摆脱了神学和伦理学的束缚，

为政治学和法学开辟了走向独立学科的道路。

〔9〕格列高利一世（544—604），是第 64 任罗马天主教教皇（公元 590 年—公元 604 年在位），中世纪教皇之父，据传他为了消除异教迷信，曾焚烧了许多古代异教作家的著作，但此事没有明确的证据。

〔10〕萨比尼安（？—606），是继格列高利一世之后的第 65 任罗马天主教教皇，其在位期间曾出现多神教的复兴。

〔11〕参见柏拉图《对话集 · 蒂迈欧篇》。古代的西方人将所有天体在完成其所有公转之后重归世界开始时它们所处的起点的那一年称为“大年”，认为整个世界从这一年又重新开始。有人认为“大年”是在世界开初后的 12954 年，有人推算为 25920 年，古希腊哲学家赫拉克利特则认为一个大年的周期为 80000 年，但一般认为是 7777 年。现代天文学仍有“大年”这个术语，但它用来指春分点沿黄道运动一整周的周期，约为 25800 年。

〔12〕16 世纪以前的“低地国家”指的是尼德兰地区，16 世纪以后指的是荷兰、比利时、卢森堡等国家。

〔13〕“真正的宗教”指的是基督教会，“磐石”一说参见《新约 · 马太福音》第 16 章第 18 节。

〔14〕阿里乌（约 250—336），是古代基督教神学家，曾在亚历山大里亚地区任教职，公元 323 年因反对三位一体教义，认为圣子不具有神性，因为圣子不是上帝，与圣父不同性、不同体，是从属于圣父的，是受造之物，并认为圣灵比圣子更低一级，从而引起了基督教内部的严重分歧。

〔15〕阿明尼乌（1560—1609），是荷兰基督教新教神学家，原为加尔文派信徒，后来开始怀疑加尔文关于“人为善作恶及灵魂终将得到救赎与否均由上帝预定”的观点，并对预定论作出新的解释，认为加尔文的这种预定论是有条件的，凡凭信心响应上帝召唤者必蒙选择，他的这种学说对17世纪英国清教运动中宗派的分化产生过影响。

〔16〕指古代小亚细亚这一地区，今天的土耳其境内。

〔17〕查理大帝（约742—814），法兰克王国加洛林王朝国王，通过征服最后建立了控制西欧大部分地区的大帝国，但他死后不久，帝国宣告分裂。

〔18〕可能指的是查理大帝的3个孙子将帝国瓜分成3份，也可能指的是阿拉伯人夺得地中海西部的控制权，马扎尔人（匈牙利人）夺得多瑙河流域的控制权，诺曼人则夺得法国西北部滨海地区的控制权。

〔19〕指亚历山大大帝。